Der 17-jährige Liam Henning wird blutverschmiert und alleine in seinem Haus aufgefunden. Seine Eltern und sein kleiner Bruder sind spurlos verschwunden. Sofort wird er für den Mord an seiner Familie angeklagt. Herr Morel, ein bekannter Psychologe, nimmt sich Liams Fall an, in der Hoffnung den schweigenden Jungen wieder zum Reden zu bringen. Während er sein alltägliches Leben mit seinem 11-jährigen Sohn Finn und seiner Schwiegermutter Mary führt, versucht er Liams Vertrauen zu gewinnen. Die Suche nach der verschwundenen Familie führt ihn schließlich nach Russland, in die Stadt, in welcher ihn seine dunkle Vergangenheit wieder einholt. In der Nacht beginnt er von bisher unbekannten Erinnerungen des selbst ernannten "Monsters" in ihm zu träumen. Es ist mordsüchtig und unkontrollierbar. Doch ist alles nur ein Traum oder Realität?

Über den Autor:

Stacie Letizia Strauch wurde am 02.06.2004 in Sangerhausen geboren und wuchs als ältestes von vier Geschwistern auf. Im Alter von 15 Jahren begann sie ihr erstes Buch zu schreiben. Schon als Kind schrieb sie gerne Kurzgeschichten und hatte eine lebhafte Phantasie. Mit 12 Jahren entdeckte sie ihre Liebe zu Horror, besonders zu Thrillern und Psychothrillern. Diese möchte sie anhand ihrer Bücher mit der ganzen Welt teilen.

Stacie Letizia Strauch

DAS MONSTER IN MIR

Psychothriller

Originalausgabe
Deutsche Erstausgabe März 2021
Copyright © 2021 Stacie Letizia Strauch
Autor: Strauch, Stacie Letizia
Verlag & Druck: tredition GmbH, Halenreie 40-44,
22359 Hamburg
ISBN 978-3-347-27306-1 (Paperback)
ISBN 978-3-347-27307-8 (Hardcover)
ISBN 978-3-347-27308-5 (e-Book)

Ich bin so müde. Ich bin so müde davon dich zu vermissen, aber dich nicht zurück zu wollen.

01:32 Uhr – 24.03.

>>Hallo? Bitte schicken Sie sofort jemanden! Ich habe Schüsse im Nachbarhaus gehört!"<<

>>Ich erinnere mich daran, wie ich mit dem Krankenwagen aus der Ausfahrt fuhr. Wir hatten zuvor eine ruhige Nacht erlebt; kaum Einsätze, geschweige denn wirkliche Notfälle. Es war allgemein ein eher ruhiger Monat gewesen, immer wieder ein paar kleine Arbeitsunfälle oder Kinder, die sich beim Spielen verletzt hatten - nichts Besorgniserregendes oder Katastrophales. Mein Kollege und ich wurden in eine wunderschöne, unauffällige Nachbarschaft gerufen. Ich war vorher noch nie dort gewesen. Die Schwester meiner Frau hatte sich dort im Herbst ein großes und modernes Haus für ihre Familie bauen lassen, doch aufgrund meines Jobs hatte ich vorher noch keine Gelegenheit gehabt sie zu besuchen. Die Straßen waren leer, niemand war mehr unterwegs in so einer kalten Märznacht und wir mussten nicht einmal die Sirene anmachen. Ich überprüfte die Adresse, die mir die Zentrale weitergeleitet hatte und wir hielten vor einem blauen Haus mit riesigem Vorgarten. Es hatte 2 Etagen, einige große Fenster, eine gigantische weiße Eingangstür und im Vorgarten stand eine Schaukel. Scheinbar ein Familienhaus. Desto mehr verwunderte es mich, dass wir wegen Schüssen, die die Nachbarin gehört hatte, gerufen wurden. Diese genannte Nachbarin konnte ich in dem weißen Haus nebenan aus dem Fenster schauen sehen. Ich überlegte zu ihr zu gehen und mit ihr zu reden, doch ich wollte mich erst

der Situation im Haus bewusst machen. Im nächsten Moment trafen Kollegen aus der Polizei ein. Sie schienen bereits eine aufregende Nacht hinter sich gehabt zu haben, sie sahen müde und erschöpft aus. Nun waren wir 4 Personen, die auf das Haus blickten, unentschlossen und ein wenig verunsichert. Die Fenster des Hauses waren alle geschlossen und die Jalousien waren heruntergefahren. Langsam traten wir auf das Haus zu. Ich wagte einen Blick auf das Klingelschild, als mir bewusst wurde, dass es sich um das Haus meiner Schwägerin handelte. Mein Herzschlag stieg ins Unermessliche, ich fing an zu zittern und musste langsam atmen, um nicht die Fassung zu verlieren. Wer weiß, was die Nachbarin gehört hatte. Wir klingelten mehrere Male, doch niemand öffnete. Die Tür war offen, also lehnten wir uns vorsichtig dagegen. Die beiden Polizisten liefen mit ihren Waffen vor uns. Ich kann mich daran erinnern, wie ich auf eine riesige Menge an Familienfotos blickte. Ich erkannte meine Schwägerin, ihren Mann, die 3 gemeinsamen Kinder – meine beiden Neffen und meine Nichte. Innerlich betete ich zu Gott, dass ihnen nichts zugestoßen war. Ich dachte mir, dass sich wahrscheinlich ein paar Jugendliche einen Spaß erlaubt hatten und wir jeden Moment wieder zurückfahren könnten. Doch genau in diesem Moment leuchtete ich ein Stück weiter in den Flur und sah eine Menge an Blut. Die Wände, die Decke, der Boden, alle Familienbilder waren bespritzt und strahlten mich in einem leuchtenden und glitzernden Rotton an. Es war frisches Blut. Bemüht nicht die Fassung zu verlieren tastete ich mich mit den anderen weiter durch den Flur. Es war ruhig im Haus, es gab kein einziges Geräusch bis auf unsere Schritte. Der Flur war ursprünglich weiß gewesen, mit einem dunkelblauen Teppich und weißen Bilderrahmen um die bunten Fotos, mit einigen weißen Holzkommoden mit Bildern, Dokumenten oder Schlüsseln darauf. Jetzt war all das wunderschöne Weiß für immer zerstört – mit dem Blut meiner Familie. Einer der Polizisten schaute vorsichtig in das Wohnzimmer und ließ daraufhin langsam seine Waffe sinken. Er stand einfach im Türrahmen und blickte in den Raum. Ich war neugierig, wollte sehen, was er sah, aber hatte auch große Angst vor dem, was hinter der Wand auf mich wartete. Einen Schritt nach dem anderen wagte ich mich zu ihm und schaute dann in das Zimmer. Ich sah einen Jugendlichen auf dem Boden sitzen. Er hatte eine kurze, graue Hose und ein blaues T-Shirt an. Seine kurzen, blonden Haare standen in alle Richtungen und er starrte mit seinen leeren Augen auf die Wand, nur einige Zentimeter links von uns. Es war mein Neffe, 17 Jahre alt, ein guter Schüler und geliebter Bruder. Im ersten Moment kam mir sein Anblick unheimlich vor; ich hatte ihn als aufgeweckten Familienmenschen in Erinnerung. Aber als ich ein Schritt in den Raum machte und meine Taschenlampe auf ihn richtete, offenbarte sich etwas viel Schlimmeres. Wir blickten auf ein Blutbad. Überall war Blut. An den Wänden, auf dem Boden, auf der Kleidung meines Neffen. Das dunkelblaue Sofa, der riesige Fernseher, der weiße Glastisch, die Fenster. Ich sah in ein leeres

Gesicht voller Blutspritzer. Er hatte blasse Lippen, blasse Wangen. Seine einst blonden, weichen Haare waren nun verklebt, er hatte blutige Handabdrücke auf seinem Körper und Kratzer und Schnitte, aus denen er blutete. Ich sah eine riesige Blutpfütze unter ihm, sah, wie sich der hellgraue Teppich mit der Flüssigkeit vollsaugte. Ich hatte noch nie so etwas Grausames gesehen. Mein Kollege lief direkt zu ihm und versuchte seine Wunden zu verarzten. Ich hingegen leuchtete über den Teppich, leuchtete den restlichen Flur entlang. Stühle lagen auf dem Boden, ein umgekippter Schrank versperrte den Weg, kaputte Bilderrahmen lagen herum. Überall lagen Glasscherben verteilt. Es hatte einen Kampf gegeben, einen blutigen Kampf. Die Tür am Ende des Flures war offen, die Blutspuren führten nach hinten in den Garten. Ich nahm entschlossen einen tiefen Atemzug und kroch unter dem Schrank durch, spürte das Blut an meinen Armen, an meinen Händen, an meinen Knien, spürte, wie sich alles nass und klebrig anfühlte. Ich trat langsam durch die Tür ins Dunkle, hatte Angst vor weiteren Überraschungen, doch ich sah nichts. Im Garten war alles normal, als wäre nie etwas passiert. Ein paar blutige Grashalme, mehr nicht. Ich weiß nicht, vielleicht war ich enttäuscht, weil ich gehofft hatte irgendwas, irgendwen, zu finden. Doch da war nichts. Nur mein Neffe, der in einer Blutlache hockte.<<

Mein Spaziergang nach Hause fühlte sich heute träger und länger an als sonst. Es roch nach frischem Brot, als ich an der Bäckerei vorbeilief, und durch das Schaufenster einen kleinen Jungen sah, der lächelnd eine Zimtschnecke in die Hände nahm.

Der Bäcker war neu in der Stadt, das Haus frisch renoviert und alle Wohnungen neu vermietet. Die Chefin soll eine nette, warmherzige Frau sein und bereits 4 Kinder großgezogen haben. Ich stellte mir eine stämmige Frau mit schulterlangen, braunen Haaren, Brille und roten Wangen vor, die ihre erwachsenen Kinder liebevoll in den Arm nahm.

Die Vorstellung erinnerte mich an meine Mutter. Sie war verstorben, als ich gerade einmal 10 Jahre alt gewesen war. Ich fand sie, als ich an einem wunderschönen Sommertag von der Schule nach Hause kam. Ihre leeren Augen starrten direkt in meine Seele, ihr lebloser Körper hing dort von der Wohnzimmerdecke und ich hatte damals nie verstehen können, warum sie gegangen war.

Ich wollte diese Erinnerung sofort wieder loswerden und konzentrierte mich stattdessen auf die wunderschönen, rosa Blumen am Gehweg. Ich spazierte heute nicht, sondern schleppte meinen erschöpften Körper in die Geborgenheit meiner warmen Wände.

Der Tag war überraschend anstrengend gewesen. Ich blieb, anders meiner Pläne, die ganze Gerichtsverhandlung auf meinem Platz sitzen. Ich beobachtete Menschen, hörte mir Zeugenaussagen an und musterte immer wieder die Gesichtsausdrücke des Angeklagten.

Enttäuschenderweise kam dabei nicht viel heraus. Ich wusste gar nicht, warum mich das enttäuschte, immerhin hatte ich schon vorher gewusst, dass er schwieg, beziehungsweise, dass er im Allgemeinen gar keine Reaktion von sich gab und, egal wie sehr ich mich bemühte, ich konnte nichts aus seiner Haltung lesen, außer, dass er sich unwohl fühlte.

Ich würde mich auch unwohl fühlen, wenn ich vor so vielen fremden Menschen sitzen würde, die keineswegs den Anschein machten, als würden sie sich für mein Wohl interessieren. Außerdem hielt ich an dem Glauben fest, dass er unschuldig war, nur war genau das der verwunderliche Punkt: Wenn er unschuldig war, warum schwieg er dann?

Unschuldige Menschen erwähnten normalerweise mehr als nur einmal ihre Unschuld.

Andererseits hatte er auch keine Schuld erwähnt.

Ich persönlich empfand es als unverantwortlich einen Jugendlichen, der soeben seine gesamte Familie verloren hatte, alleine vor ein Gericht zu setzen. Am liebsten wäre ich sein Anwalt gewesen, doch dafür fehlte mir das wichtige rechtliche Wissen. Ich wusste nicht, wie ich das Ganze aus gesetzlicher Sicht betrachten sollte, doch aus meiner persönlichen Sicht gehörte er sicherlich nicht in ein Gefängnis.

Er brauchte dringend Hilfe und das musste ich den Geschworenen verständlich machen.

Das war meine Aufgabe. Doch wie sollte ich den Richtern das erklären?

Ich lief auf ein paar Jugendliche zu, die sich am Straßenrand unterhielten und laut lachten.

Liam Henning war kein Verbrecher, der seine Familie ermordet hatte. Er hatte es verdient zu leben, zu heilen und er hatte es verdient, dass sich seine Unschuld in seiner ‚Strafe' widerspiegelte.

Ich sah schon von Weitem mein Auto und es fühlte sich an, als würde eine Last von meinen Schultern fallen, je näher ich meinem Heim kam. Ich blickte auf die frisch gestrichene Fassade meines zweistöckigen Hauses.

Der dunkelblaue Anstrich gefiel mir sehr gut und passte perfekt zu den gelbtönigen Häusern meiner beiden Nachbarn. Ich fühlte mich vollkommen, als ich auf den weißen Steinen zur Tür lief. Ich drehte den Schlüssel in meiner Haustür um und mir kam ein vanilliger Duft entgegen. Finn hatte die Kerzen angezündet, die Mary mir vor 2 Wochen zu meinem Geburtstag geschenkt hatte. Ich warf den Schlüssel in die Schale auf der Kommode und zog meine Schuhe aus.

Vor mir entfaltete sich ein riesiges Chaos und als ich auf die Papiere im Flur, den Stapel der Schuhe und die herumliegenden Jacken schaute, wurde mir bewusst, dass Finn und ich dringend wieder einen Aufräumtag veranstalten mussten.

Wir beide taten das viel zu selten.

Er war viel in der Schule oder mit Freunden spielen und ich war die meiste Zeit mit meiner Arbeit, einkaufen, kochen und Wäsche waschen beschäftigt. Im Herbst hatte ich außerdem den Vorgarten und die Fassade neu gemacht und im Winter die Garage und den Keller ausgemistet. Dabei hatte ich das ganze Spektakel *im* Haus ausgeblendet und letztlich ganz vergessen.

Ich schaute in den Flur und sah, wie Finn seinen Kopf aus dem Esszimmer steckte.

>>Hallo Papa, Oma ist zu Besuch. Es gibt Lasagne.<<

Also hatte doch nicht er die Kerzen angemacht, sondern Mary selbst. Ich lächelte und lief in Richtung Esszimmer. Vorsichtig schaute ich um die Ecke. Meine Schwiegermutter stand vor dem Tisch und schaufelte soeben riesige Kellen mit Lasagne auf die Teller.

>>Hallo Mary. Das ist aber eine Überraschung, dass du hier bist!<<

Sie drehte sich zu mir um und schenkte mir ein dickes Grinsen. Ihre Wangen waren rot und ihre schulterlangen, rot gefärbten Haare hatte sie nach oben gesteckt. Sie hatte zugenommen, seitdem sie vor 8 Jahren frühzeitig in Rente gegangen war. Etwas, das Celeste gestört und gesorgt hätte, doch für mich war es ganz plausibel. Es war für mich ein normales Verhalten und daher hatte ich es nie für nötig gehalten Mary darauf anzusprechen, solange es noch keine schwerwiegenden, gesundheitlichen Auswirkungen auf sie hatte.

Ich ging zu ihr und half ihr die Teller zu verteilen. Ich holte noch schnell einige Gläser aus dem Schrank und stellte eine Wasserflasche auf den Tisch.

Ich blieb kurz einige Sekunden in meiner Bewegung stehen und schaute auf die wunderschönen, dunkelblauen Rosen auf dem Tisch bis Mary wieder meine Aufmerksamkeit gewann.

>>Finn hat erzählt, dass du bei einer Gerichtsverhandlung warst – der Prozess um Liam Henning?<<

Sie schaute mich neugierig an, während sie die Kochschürze losband, auszog und über den Stuhl hängte. Ich wusste nicht genau, was ich antworten sollte, also nickte ich, doch schaute nicht zu ihr.

>>Wirst du ihn im Prozess begleiten? Bist du für oder gegen seine Unschuld?<<

Ich hatte gewusst, dass sie mich ausfragen würde und mich in gewisser Art und Weise darauf vorbereitet. In den letzten Tagen wurde viel von dem Fall in den Medien berichtet, doch als ich dem Notfallarzt im Gerichtssaal zugehört hatte, war mir erst bewusst geworden, wie viele Lügen die Medien verbreiteten. Es war nicht meine Aufgabe diese klarzustellen, obwohl ich es am liebsten getan hätte.

>>Ich werde vor Gericht aussagen müssen und werde wahrscheinlich auf seine Unschuld plädieren. Er ist ein 17-jähriger Junge und hat soeben seine Familie verloren. Es gibt natürlich einige Unschlüssigkeit, aber er macht auf mich nicht den Eindruck, als wäre er ein Mörder. Ich glaube er braucht einfach jemanden, der ihm zur Seite steht, um sein Schweigen zu brechen. Er braucht Hilfe, mehr nicht.<<

Ich schaute sie an. Sie zog einen Mundwinkel nach oben, doch sofort wieder nach unten, schaute in meine Augen und dann sofort wieder weg auf ihren Teller.

>>Ich denke, er ist schuldig. Er war der Einzige, der bei der Familie gewesen war. Es gibt keine Einbruchspuren, keine fremden Fingerabdrücke. Er muss es gewesen sein.<<

Ich wollte ihr widersprechen, sie fragen, ob dieser zierliche Junge den Eindruck machte, als hätte er seine Eltern und seinen kleinen Bruder umgebracht. Ich wollte sie fragen, wo die Leichen waren und ob er so aussah, als hätte er alleine den leblosen Körper seines Vaters aus dem Haus ziehen können. Ich wollte ihr sagen, dass die Tür bei Eintritt der Polizei offen stand.

Ich wollte sie so viel fragen, doch stattdessen nickte ich nur. Es war nicht meine Aufgabe den Fall richtigzustellen. Nach allem, was ich gesehen hatte, wusste ich, wie ich vor Gericht aussagen würde.

>>Denkst du, das Gericht hält ihn für schuldig?<<

Finn schaute mich mit seinen großen Kinderaugen an. Er war neugierig, ein wenig verängstigt. Jeden Tag hörte man von dieser grausamen Nacht – im Fernseher, im Radio, in der Zeitung.

Natürlich war das für einen 11-jährigen Jungen beängstigend, aber andererseits war es überwältigend. Ein Junge, der seine Familie umgebracht hatte – welch ein Spektakel. In den Medien berichtete man von Blutbädern und verschwundenen Leichen. Welcher kleine Junge wäre nicht begeistert darüber gewesen, dass der eigene Vater im Gerichtssaal aussagen durfte?

>>Ich weiß es nicht. Hier, wo wir leben, muss es keine gewisse Anzahl an Beweisen geben, weißt du? Wenn der Richter gute Laune hat, wird er für

unschuldig gesprochen, wenn nicht, wird es für ihn schlecht aussehen.<<

Finn nickte und fing an zu essen.

Ich wusste nicht, ob das, was ich gerade gesagt hatte, auch meinen Gedanken entsprach. Natürlich war es irgendwie wahr. Es gab keine wirklichen Beweise für ihn, aber auch keine richtigen gegen ihn. Der Richter würde am Ende eher von der Schuld überzeugt sein.

Mary hatte recht, keine Einbruchspuren, keine beweisbare Fremdeinwirkung, keine Leichen, Liam schwieg. Da war es wohl kaum eine wichtige Frage *wie* er seine Familie getötet und aus dem Haus bekommen hatte.

Doch ich wollte zumindest versuchen Liam vor dem Schlimmsten zu bewahren. Mit einem guten und überzeugenden psychologischen Gutachten könnte er in eine Psychiatrie kommen. Ich würde es für den Richter plausibel machen, dass er eindeutig psychologische Hilfe benötigte.

Weg gesperrt in einer Psychiatrie konnte er einer Fliege genauso wenig zuleide tun wie im Gefängnis, nur mit dem Unterschied, dass ich sein Schweigen brechen konnte. Was, wenn ich Recht behielt und er es nicht war? Dann musste es jemanden anderen geben und diesen jemand müssten wir finden, damit der Richtige bestraft werden würde.

Ich starrte auf meinen Teller.

Vor lauter Nachdenken war mir der Hunger vergangen, doch ich wusste, wie traurig Mary werden würde, wenn ich es nicht mindestens probieren würde.

Ich war dankbar dafür, dass sie immer für Finn da war. Sie kam oft zu Besuch, räumte auf, kochte, half im Garten. Sie hatte nicht mehr viel zu tun und war froh aus ihrer kleinen Wohnung im 4. Stock ihres alten Wohnblocks herauszukommen. Finn war das Wichtigste in ihrem ganzen Leben, seitdem ihre Tochter und ihr Mann verstorben waren und ich war so froh darüber sie als Unterstützung zu haben.

Sie war für Finn extrem wichtig und er sagte mir oft genug, dass sie die beste Oma auf der ganzen Welt wäre. Diesen Sommer hatten die beiden sogar einen gemeinsamen Urlaub am Meer geplant.

Ich schaute wieder auf die Lasagne oder wohl eher hatte ich das Gefühl, dass die Lasagne mich anschauen würde. Ich wollte Mary nicht enttäuschen und aus Dankbarkeit aß ich den ganzen Teller leer.

Kurze Zeit später wusch ich den letzten Teller ab und stellte ihn in den Geschirrspüler. Mary stand bereits fertig in der Tür, umarmte Finn und gab ihm einen Kuss auf die Stirn. Finn lief die Treppen nach oben in sein Zimmer.

Ich ging zu Mary.

>>Bitte vergiss Finn nicht. Ich weiß der Prozess ist wichtig für dich, gibt dir wahrscheinlich auch viele Chancen, aber vergiss nicht, dass deine wichtigste Chance hier zu Hause sitzt und hungert. Ich habe euch beide sehr doll lieb! Wenn du Hilfe brauchst, dann ruf mich an. Ich habe ja eh nichts zu tun.<<

Sie zwinkerte, umarmte mich und spazierte aus der Tür.

Ich würde Finn nicht vergessen. Ich wusste, dass sie es nur lieb meinte, aber sie übertrieb.

Ja, der Prozess gab mir eine Chance, er gab mir die Chance Liam Henning zu helfen, ihn wieder zum Reden zu bringen, ihm ein lebenswertes Leben zu schenken und für Gerechtigkeit zu sorgen. Aber das würde mich niemals dazu bringen, die wichtigste Person in meinem Leben zu vergessen.

Ich schloss die Tür, lief die Treppen nach oben und klopfte an Finns Tür.

>>Ja?<<

Ich trat vorsichtig in sein Zimmer und sah, wie er bereits im Bett lag.

>>Ist alles okay?<<

>>Ja, ich bin nur sehr müde.<<

Er drehte sich zu mir um und schaute mich lächelnd an.

>>Wie war die Schule heute?<<

Jetzt setzte er sich hin und umarmte seinen Teddy.

>>Gut. Da waren 2 Jungs, die mich geärgert haben, aber ich habe sie einfach ignoriert, wie du es mir gesagt hast und dann sind sie wieder gegangen. Und dann haben wir einen Test geschrieben, ich wusste fast alles und...<<

Ich setzte mich auf die Bettkante und hörte ihm zu, wie er über seinen Tag sprach. Langweilige Lehrer, eine lustige Busfahrt, Papierflieger, die er gebastelt hatte, wie er mit seinen Freunden Fahrrad fuhr und Oma ihn angerufen hatte, um sich nach ihm zu erkundigen und schließlich, wie sie zusammen Lasagne gekocht hatten.

Er war ein wunderbares Kind.

Fröhlich, nett, hilfsbereit. Er war das Wertvollste, was ich besaß und ich war stolz – stolz auf mich, dass ich ihn so gut erzogen hatte und stolz auf ihn, dass er so ein gutes Kind geworden war.

>>Papa? Eines Tages will ich auch so werden wie du. Ich will Menschen helfen.<<

Ich lächelte.

>>Oh ja, das wirst du. Glaub nur an dich selber und halte an deinen Zielen fest, dann kannst du alles werden, was du willst.<<

Er kuschelte sich wieder in seine Decke und schloss die Augen.

>>Gute Nacht Finn. Ich habe dich lieb.<<

Ich gab ihm einen Kuss auf die Stirn.

>>Nachti Papa.<<

Ich ging aus dem Zimmer und schloss leise die Tür. Weiter hinten im Gang wartete mein Arbeitsplatz auf mich. Lose Papiere lagen verstreut auf dem Boden verteilt, einige Ordner lagen auf meinem Tisch und wo man hinsehen konnte, sah man Haufen von Stiften und Klebezetteln.

Ich legte die Ordner nach unten auf den Boden und schaltete meinen Computer an.

Es war so weit, ich musste das Gutachten schreiben. Ich wusste nicht wirklich, was ich schreiben sollte, aber als mein Finger die erste Taste berührte, sprühte es nur aus mir heraus.

Jeder Buchstabe, jedes Wort fand seinen Platz und einige Stunden später hielt ich einige Zettel in der Hand, die ich vorsichtig in einen Briefumschlag tat.

Ich würde ihm helfen, zumindest war das meine Hoffnung.

>>Guten Morgen Herr Morel.<<

Eine stämmige Frau, ich schätze um die 30 Jahre alt, mit langen, blonden Haaren, die in einem Zopf zusammen gebunden waren, lächelte mir zu. Sie trug einen langen, weißen Kittel, eine weiße Hose und weiße Turnschuhe.

Ich lächelte zurück.

Die helle Farbe wirkte entspannend auf mich und erfüllte mich mit Freude.

>>Guten Morgen.<<

>>Mein Name ist Maier. Ich bin für die Station, in der sich auch Liam Henning befindet, verantwortlich. Wenn Sie irgendetwas brauchen oder Fragen haben, lassen Sie es mich wissen. Ich werde Ihnen zunächst das Zimmer von Liam zeigen. Er ist im Moment beim Mittagessen.<<

Sie lief los und ich folgte ihr.

In der Klinik war es sehr kühl und leer. Graue Wände starrten mich an, der Boden bestand aus weißen Fließen und die Türen auf den hintersten Stationen aus kaltem, dickem Metall.

>>Essen die Patienten gemeinsam?<<

Ich wusste, dass es in jeder Klinik verschieden war und war interessiert an den Umständen, in denen Liam nun betreut wurde. Ich war mir nicht sicher welche Antwort ich zu hören erhoffte. Wenn er mit anderen essen würde, könnte er sich dort vielleicht mit Patienten anfreunden und wieder zum Reden gebracht werden. Andererseits könnte ihn das auch überfordern

- vielleicht erfuhr oder sah er in einem gemeinsamen Speisesaal auch Dinge, von denen er lieber fernbleiben sollte.

Er wurde auf die am besten gesicherte und am besten betreute Station gebracht, die die Klinik besaß und sie war die Beste, die ich kannte. Dort waren unter anderem Patientin, die wirklich viele Menschen ermordet hatten und ich war der Meinung, dass es kein guter Umgang für Liam war sich mit solchen Personen anzufreunden.

>>Oh, sie essen alle zusammen. Aber keine Sorge. Wir haben genug Betreuer im Saal, die auf alle Patienten aufpassen. Bisher hatten wir nur gute Erfahrungen beim gemeinsamen Essen.<<

Ich nickte.

Am liebsten hätte ich mich über die anderen Patienten informiert, aber es war nicht mein Job. Ich war wegen Liam Henning hier und nicht wegen irgendwelchen Massenmördern, mit denen er gerade in einem Speisesaal saß – dieser Gedanke brachte mir ein unwohles Gefühl im Bauch.

Nach einigen Malen Abbiegen hielten wir vor einer riesigen Metalltür. Frau Maier öffnete sie mit einem der vielen Schlüssel an ihrem Bund. Ich hielt es für eine schlechte Idee Türen zu haben, die man mit einem Schlüssel öffnen konnte. Der Schlüsselbund konnte schnell geklaut werden oder ging verloren. Bei so vielen Schlüsseln würde ich sowieso den Überblick verlieren.

Ich hielt eher etwas von elektronischen Türen, die mit Passwörtern, Pins, Gesichts- oder

Fingerabdrucksensoren geöffnet wurden. Vielleicht befanden wir uns dafür auch einfach in der falschen Station, denn wir waren inzwischen im hintersten Altbau der Klinik angelangt. Die Türen renovieren zu lassen wäre wahrscheinlich zu kostspielig und leider erhielten die meisten Kliniken gerade genug Geld, um das Wichtigste abzudecken und alle Ärzte und Schwestern ausreichend genug zu bezahlen. Jede Klinik im Land hielt sich gerade so über Wasser.

>>Hier vorne rechts befindet sich mein Arbeitszimmer. Wenn Sie möchten, können Sie einen kurzen Blick in Liams Unterlagen wagen.<<

Ehrlich gesagt wollte ich nicht in irgendwelchen Unterlagen herumschnüffeln, sondern mir mein eigenes Bild des Patienten machen. Außerdem wäre ein kurzer Blick gar nicht genug gewesen, sondern ich hätte vermutlich Stunden gebraucht, um die Dokumente und Protokolle auf mich einwirken zu lassen.

>>Wäre es auch möglich die Unterlagen digital an mich weiterzuleiten? Dann könnte ich mich zu Hause genauer damit beschäftigen.<<

Sie drehte sich um und schaute mich ein wenig überrascht an. Scheinbar kam es nicht oft vor, dass Psychologen wirklich ein Interesse an ihren Patienten oder wohl eher der Heilung ihrer Patienten hatten. Sie wirkte unsicher, überlegte und wusste zuerst keine richtige Antwort.

Dann schaute sie mich lächelnd an.

>>Ja, natürlich. Das ist kein Problem. Ihre Daten habe ich bereits, dann sollten Sie die Unterlagen morgen auf ihrem Schreibtisch haben.<<

Ich nickte dankbar und wir liefen weiter.

Erst jetzt blickte ich in den langen Flur.

Der Boden war dreckig, in den Neonröhren hing eine unzählbare Anzahl an Spinnennetzen und ich fühlte mich unwohl. Der dunkle, endlose Flur wurde von einer negativen Atmosphäre beherrscht und ich konnte mir vorstellen, wie verängstigend diese Umgebung auf einen Jugendlichen wirken musste, der soeben alles verloren hatte, was ihm lieb war – seine Familie.

Jetzt, wo ich diese Umstände kannte, wollte ich Liam am liebsten mit zu mir nehmen, auch wenn diese Vorstellung zu weit hergeholt war. Doch ich wollte nicht zu schnell urteilen. Vielleicht bot sein Zimmer eine kleine Überraschung, vorzugsweise eine positive.

>>Sie sehen nicht so aus, als würde Ihnen unser Gebäude gefallen? Stimmt etwas nicht Herr Morel?<<

Sie schaute mich mit ihren riesigen, neugierigen Augen an, hoffte auf eine Antwort, hoffte, dass ich mich möglichst wohlfühlte. Vielleicht hatte sie Angst, dass ich eine andere Psychiatrie beantragen und sie in ihrem Job versagen würde. Vielleicht hatte sie Angst davor sich selber, ihre Kollegen und ihren Chef zu enttäuschen. Ich denke, dass sie möglichst viel Anerkennung spüren wollte und es schmeichelte mich, dass ihr gerade meine Anerkennung besonders viel bedeutete.

Sie sah in mir jemanden, der deutlich über ihr stand, deutlich mehr bedeutete und das rührte mich ein wenig. Es kam äußerst selten vor, dass Menschen zu mir aufsahen, mich respektierten und meine Anerkennung verlangten.

Bei einigen Patienten hatte ich erlebt, dass sie in mir eine Vaterrolle sahen, dann war es ein ähnliches Phänomen. Einige empfanden Respekt, weil ich wohlhabend war und etwas Gutes in meinem Leben erreicht hatte. Einige fühlten sich geehrt Patienten eines Psychologen zu sein, der auch schon Promis in seinem Haus therapieren durfte. Viele meiner Patienten hingegen sahen in mir einen Feind. Viele kamen nicht freiwillig zu mir, wollten keine Hilfe. Manchmal fiel es mir sehr schwer eine Vertrauensbasis zu meinen Patienten aufzubauen, bei manchen fühlte es sich bis zum Schluss an, als wären sie Fremde, die in meinem Haus ein und ausgingen.

Frau Maier wäre wohl eine der Patienten gewesen, die sofort Respekt vor mir hatten und sich schüchtern auf die weiße Couch in meinem Therapiezimmer setzten. Sie wäre eine derjenigen gewesen, die dachten, dass sie nicht gut genug für einen so bekannten und guten Psychologen waren – zumindest war es das, was man sich über mich erzählte.

>>Nun, die Atmosphäre wirkt ein wenig düster. Das Phänomen habe ich allerdings auch schon in anderen Einrichtungen erlebt, also machen Sie sich darum keine Sorgen.<<

Ich lächelte ihr zu, um meine Worte zu verstärken. Vielleicht war es mir auch irgendwie wichtig ihr die erwünschte Anerkennung zu schenken. Als sie zurücklächelte und wir weiterliefen, wusste ich, dass sie zufrieden mit sich selbst war.

Ich wagte immer wieder Blicke nach links und rechts, doch konnte im Vorbeilaufen nur dunkle Schatten in den Räumen erkennen.

Das Positive an dieser Station war, dass man überall kleine Fenster aus Gitterstäben oder dicken Glasscheiben an den Türen vorfinden konnte, sodass man jederzeit einen Großteil des Raumes von außen betrachten konnte. Natürlich gab es in jedem Raum zusätzlich noch Kameras. Einige der Patienten hier waren sehr gefährlich. Entweder sie waren für sich selber oder für die Anderen eine Gefahr. Deshalb musste man sie jederzeit im Blick behalten, um eine gewisse Sicherheit in der Station voraussetzen zu können.

Ich fühlte mich nicht sicher.

Man hätte hunderte Kameras einbauen können und unendlich viele Wachtmeister aufstellen können und ich würde mich nicht sicher in diesem Gang fühlen.

Manchmal fragte ich mich, was mit Menschen passiert sein musste, damit sie freiwillig auf solch einer Station arbeiteten. Man hatte nie die Sicherheit, dass man unverletzt wieder nach Hause kam, wenn man überhaupt wieder nach Hause kam. Jederzeit konnte ein Patient auf freiem Fuß sein und mit einem Messer auf dich zu rennen. Viel zu oft hatte ich von grausamen Geschichten gehört, von Pflegern, die ermordet wurden oder die nun geistig geschädigt waren. Viel zu oft war es passiert, dass die Helfenden zu denjenigen wurden, die die Hilfe brauchten.

Ich persönlich hatte niemals in solch einer psychiatrischen Einrichtung arbeiten können. Viel zu groß wäre meine Angst um mein eigenes Leben. Es ginge dabei nicht nur nach egoistischem Prinzip um mich, sondern auch darum, dass ich einen Sohn hatte, der mich brauchte und Mary, die auch irgendwie von mir abhängig war.

>>Möchten Sie alleine mit ihm sprechen?<<

>>Ja.<<

Frau Maier gab einem der Wächter ein Handzeichen und wir blieben vor einer der vielen Türen am Ende des Ganges stehen.

Bereits von außen konnte ich den Schatten von Liam erkennen. Die zerstreuten Haare, den schlanken Körperbau und das schmale Gesicht. Er saß auf der Bettkante, hatte seine Arme in seinen Schoß gelegt und schaute mit leicht gesenktem Kopf geradeaus.

>>In dem Zimmer gibt es 2 Kameras. Wir haben Securitys, die alle Kameras auf der Station dauerhaft im Blick haben. Nicolai wird vor der Tür stehen bleiben. Er kann sie kaum hören, aber ganz genau sehen. Wenn Sie fertig sind, geben Sie ein Zeichen durch das Fenster zu Nicolai. Er wird Ihnen die Tür öffnen und sie in mein Büro führen.<<

Sie lächelte mich an und wartete auf eine Reaktion, also nickte ich.

Der muskulöse, große Mann, öffnete die Tür und ließ mich eintreten. Ich fühlte mich so, als wäre ich auf einmal nicht mehr in einer Psychiatrie und würde jetzt meinen Patienten besuchen, sondern, als wäre ich in einem Hochsicherheitsgefängnis und würde gleich illegale Geschäfte mit einem Serienkiller betreiben.

Ich fühlte mich beobachtet und doch so unsicher. Vielleicht *gerade*, weil so viele Menschen mich jetzt beobachten würden und ich einen 2 Meter großen, breit gebauten Mann vor der Tür stehen haben würde, empfand ich gerade alles als unreal und das ließ mich unsicher fühlen.

Vorsichtig betrat ich den Raum.

Es war stickig und kalt, noch kälter als im Flur. Ich schaute zu Liam, der mich jedoch nicht beachtete. Behutsam tastete ich mich in dem dunklen Raum nach vorne und setze mich auf den Stuhl, der gegenüber von Liams Bett an der Wand stand.

Die einzige Lichtquelle war die kleine Glasscheibe in der dicken Tür, durch welche ich nun von Nicolai bewacht wurde. Über mir hingen Neonleuchten von der Decke herab, also suchte ich nach einem Lichtschalter – vergebens. Wahrscheinlich konnte man das Licht nur von außen kontrollieren, doch dafür war es jetzt zu spät. Also blieb ich mit Liam im Dunkeln sitzen.

Ich schaute mich um. Das Bett bestand eigentlich nur aus einem Metallrahmen. Darauf hatte man eine scheinbar harte Matratze gelegt und eine dünne, kleine Decke mit Kopfkissen. Rechts von mir stand ein kleiner Tisch an der Wand und rechts davon hing ein kleines Regal. Auf diesem lagen Kleidung und ein Buch.

Mehr war im Raum nicht vorzufinden, bis auf diese

traurige und einsame Seele vor mir. Ich wusste nicht, womit ich anfangen sollte, also ließ ich die Zeit sprechen.

10 Minuten saß ich einfach nur da und starrte auf die Metallwand hinter Liams Bett.

Ich wartete und wartete.

Ich ließ Liam Zeit sich an meine Gegenwart zu gewöhnen. Ich wollte ihm diese Zeit geben, um ein Gespräch zulassen zu können. Niemand hätte etwas davon, wenn ich jetzt auf ihn einreden würde und ihn mit ethischen und moralischen Reden bombardieren würde. Ich wollte, dass er sich wohlfühlte und, dass er wusste, dass ich ihm nichts Böses wollte. Ich wollte ihm helfen und das musste er nun verstehen.

Also saßen wir uns einfach nur gegenüber. Ich beobachtete seine Atmung, wie sie immer ruhiger wurde. Ich beobachtete, wie sich seine Gesichtszüge entspannten, er seine Faust lockerte und seinen Oberkörper ein Stück sinken ließ.

Ich erwartete nicht viel, aber nun wusste ich, dass er sich ein Stück wohler fühlte als zuvor. Er hatte nun verstanden, dass ich kein böser Mensch war, der stundenlang auf ihn einreden wollte und ihm ein schlechtes Gewissen machen wollte. Seine Angst ließ nach und damit auch seine Anspannung.

Und ehrlich gesagt ließ auch meine Anspannung nach. Als ich den Raum betreten hatte, hatte ich noch nicht gewusst, ob er ein Patient war, vor dem ich Angst haben sollte. Ob er ein unberechenbarer Psychopath war, der seine Familie ermordet hatte, oder eben doch nur der unschuldige Junge, der zusehen musste, wie seine Familie auf grausamste Art und Weise entführt wurde.

Natürlich hatte ich innerlich auf das Zweite getippt, doch es gab kranke Menschen auf der Welt, die einen leicht täuschen konnten. Und ehe man sich versah, befand man sich mit einem kaltblütigen Mörder in einem Raum, auch wenn ich bei Liam von Anfang an nicht das Gefühl gehabt hatte, als wäre er solch ein Mörder.

Meine Hoffnung war nun noch stärker als zuvor. Ich war nun fester Überzeugung, dass ich ihm helfen konnte seine Unschuld zu beweisen und, dass ich den wahren Täter finden konnte.

Ich wusste nicht, ob er nachdachte oder ob alles still in ihm war. Ich konnte nicht erkennen, ob er ein Gefühl, wie Trauer oder Wut empfand. Ich wusste nicht, was ihn ihm vorging. Er hatte mich mitbekommen, verstanden, dass ich ihm nichts Böses wollten und nun machte er einen eher nervösen Eindruck.

Er fing an ganz langsam mit seinen Fingern zu spielen, starrte jedoch weiter an die Wand. Nun war der richtige Zeitpunkt gekommen. Er wartete darauf, dass etwas passierte, dass ich etwas sagte, ihm erklärte, wer ich war und was ich wollte. Und da ich das nicht tat, wurde er nervös, vielleicht auch ungeduldig, also erlöste ich ihn.

>>Hallo Liam.<<

Er zuckte ganz leicht mit seinem Oberkörper. Er wusste, dass ich nun mit ihm reden wollte und ich wusste, dass er *nicht* reden wollte.

>>Keine Sorge. Du musst nicht mit mir reden, wenn du das nicht möchtest.<<

Er hörte auf mit seinen Fingern zu spielen und ließ sie wieder locker nach unten hängen.

Ich glaube, dass er erleichtert war. Endlich war dort jemand, der sein Schweigen akzeptierte. Vielleicht sah er in mir auch die Person, die ihn endlich verstehen und helfen würde. Ich war mir nicht ganz sicher, was er über mich dachte, aber ich war mir inzwischen sicher, dass er überhaupt dachte.

Auch wenn er nach außen hin schwieg – innerlich zerbrach alles in einem Chaos und er ertrank in seinen Gedanken. Er hatte zuerst Angst vor mir gehabt, weil die meisten Menschen nur Schlechtes von ihm wollten und ihn für schuldig erklärten. Dann war er nervös geworden, hatte darüber nachgedacht, wer ich war und was ich wollte und warum ich nicht wie alle anderen auf ihn einredete. Und jetzt war er froh, innerlich wahrscheinlich begeistert, weil ich ihn respektierte und akzeptierte wie er war.

All diese Reaktion konnte man nur bei Menschen beobachten, die geistig anwesend waren und nachdachten. Vielleicht sprach er nicht, aber er dachte, er dachte sehr viel nach. Und mein Ziel war es herauszufinden, was er dachte.

Das er überhaupt dachte, war irgendwie wieder eine Bestätigung für meine Theorie. Er war wahrscheinlich unschuldig und er wollte es am liebsten herausschreien. Vielleicht war er verängstigt; wer weiß was er gesehen hatte. Vielleicht war er auch frustriert, weil ihm vermutlich niemand geglaubt hätte. Vielleicht war er einfach nicht in der Lage dazu darüber zu reden und jedem von seiner Unschuld zu erzählen. Er war fast noch ein Kind, er brauchte Hilfe und keine Verurteilung.

>>Ich bin Herr Morel.<<

Ich wollte wissen, was er empfand, warum er schwieg und was er dachte. Und allem voraus wollte ich ihm helfen.

>>Ich bin ab jetzt dein Psychologe und werde öfter zu dir kommen. Ich habe dich bereits im Gerichtssaal als Psychologe vertreten, auch wenn das nur hinter den Kulissen passiert ist.<<

Ich hoffte, dass er Hoffnung empfand.

Er würde in den nächsten Tagen darüber nachdenken, würde verstehen, dass er sich mir anvertrauen konnte und würde sich mir öffnen. Natürlich wäre es nur ein Traum zu erwarten, dass er mir schon in ein paar Tagen die ganze Wahrheit erzählen würde. In der Realität würde es wohl einige Monate dauern, um überhaupt sein Vertrauen zu gewinnen.

Positiv war zumindest der Fakt, dass er geistig bei mir war, dass er nachdachte. Ich würde also nicht von null beginnen. Ich musste nur aufpassen, dass ich keine Fehler machte und das Vertrauen, dass sich langsam aufbauen würde, nicht zerstören würde. Ich musste mit diesem Patienten vorsichtig sein, aber ich glaubte an eine gute Zukunft, daran, dass ich es schaffen würde ihm daraus zu helfen.

Menschen mit einer geschädigten Psyche wurden nach meiner Auffassung nie mehr ‚gesund‘, doch sie lernen mit ihrer Krankheit zu leben, sie zu kontrollieren und glücklich zu werden. Und dann war es so, als hätte man einen ‚gesunden' Menschen vor sich.

Natürlich wird jeder Mensch durch seine Krankheiten, ob psychisch oder physisch, verändert, aber das muss nichts Schlechtes bedeuten. Viele haben erst so das wahre Glück, die wahre ‚Bestimmung', den wahren Sinn hinter allem gefunden. Viele sind erst so zu ihrer inneren Ruhe gekommen.

Ich stand vorsichtig auf.

>>Freut mich dich kennenzulernen Liam. Wir sehen uns nächste Woche wieder.<<

Ich lächelte, auch wenn ich wusste, dass er es wahrscheinlich nicht mitbekommen würde, und ging zur Tür.

Auch wenn wir nicht viel gesprochen hatten, hatte ich mein Ziel für heute erreicht. Ich wusste nun, dass in seinem Kopf keine vollkommene Stille herrschte, sondern die Gedanken umherkreisten. Und ich wusste auch, dass er mich nicht als Feind ansah, sondern vielleicht sogar als seine große Hoffnung.

Ich drehte mich noch einmal um, doch bekam keine Reaktion, also gab ich ein Zeichen zu Nicolai und wurde wieder aus dem Raum gelassen.

Auf meinem Heimweg war ich glücklich und entspannt. Ich wusste, dass es kein leichter Weg für mich und Liam werden würde, doch ich wusste, dass wir es schaffen würden.

Das heiße Wasser floss an meinem Körper hinunter und wusch den Schaum von mir ab. Ich fühlte mich wohl, geborgen und glücklich. Ich war mit dem Klingeln meines Weckers aus dem Bett gesprungen und hatte eine überraschend starke Motivation für den heutigen Tag.

Heut war kein normaler Tag. Heute würde ich die große Schwester von Liam Henning besuchen, aber dazu komme ich später.

Ich zog mir eine schwarze Anzughose und ein weißes Hemd an und gelte meine Haare nach hinten. Ich nahm ein Brillenputztuch aus der Schublade und säuberte damit vorsichtig meine Brillengläser. Im Anschluss betrachtete ich mich im Spiegel und nickte meinem Spiegelbild zufrieden zu.

>>Guten Morgen Papa.<<

Finn kam mir verschlafen entgegen. Sein blau karierter Schlafanzug war viel zu groß für seinen viel zu kleinen Körper. Seine blonden Haare standen in alle Richtungen und er rieb sich noch verträumt sein linkes Auge.

>>Guten Morgen Finn.<<

Ich lächelte ihn an, doch er lief träge an mir vorbei.

>>Wollen wir uns Waffeln zum Frühstück machen?<<

Er drehte sich zu mir und lächelte mich mit seinen strahlenden Kinderaugen an.

Ich wusste genau, was meinen kleinen Engel glücklich machte.

>>Ja!<<

>>Möchtest du auch einen Kakao?<<

>>Jaa!<<

Er stand lächelnd am Ende des Flures.

>>Na dann los, ab ins Bad mit dir.<<

Er drehte sich um und spazierte motiviert ins Bad, um sich die Zähne zu putzen und sich umzuziehen. Währenddessen lief ich nach unten, steckte das Waffeleisen ein und bereitete den Teig vor.

Das Waffeleisen hatte Celeste kurz vor Finns Geburt gekauft und das Rezept von dem Teig hatte sie damals von Mary bekommen. Die hatte zuvor in einem Café gearbeitet und kannte sich super mit herzhaften Speisen aus. Celeste hatte Monate lang an dem Rezept herumgespielt bis die Waffeln eine ganz eigene, vanillige Note bekamen und so luftig und weich waren, wie man es sich nur im Traum vorstellen konnte.

Nach Celestes Tod stand das Waffeleisen jahrelang im Keller, doch eines Tages hatte Finn so einen großen Hunger auf Waffeln gehabt und ich erzählte ihm von den wunderbaren Waffeln, die seine Mutter früher gemacht hatte. Und gerade, als ich beschäftigt mit Sortieren von Dokumenten war, schleppte er das Waffeleisen aus dem Keller nach oben und stellte es mir vor die Nase.

Seitdem war es Tradition bei uns mindestens einmal in der Woche Waffeln nach Celestes Rezept zu backen. Finn und ich hatten auch schon oft andere Rezepte probiert oder andere Beläge genommen, doch am liebsten hatten wir es ganz klassisch nach dem Vorbild seiner Mutter.

>>Und hast du schon den Teig?<<

Finn stand fertig angezogen in der Tür.

>>Ja. Du kannst schon Teller hinstellen und Vanillesoße aus dem Keller holen.<<

Finn machte sich auf den Weg nach unten, während ich die letzten Blaubeeren aus dem Kühlschrank holte, in eine Schale gab und abwusch.

Ich beobachtete, wie sich der dickflüssige Teig langsam in dem Waffeleisen ausbreitete und innerhalb weniger Minuten hatte ich 4 fertige Waffeln auf einem Teller. Während ich eine weitere Kelle Teig in die Form gab, stellte Finn zwei Teller, zwei Messer, zwei Becher, Orangensaft und Vanillesoße auf den Tisch.

Celeste hatte es geliebt Waffeln mit Beeren und Vanillesoße zu frühstücken und manchmal, wenn Finn und ich wieder einmal welche aßen, hatte ich das Gefühl, sie würde mit am Tisch sitzen.

Ich beobachtete Finn, wie er sich zufrieden eine Waffel belegte und anfing zu essen und nur wenige Minuten später waren alle Waffeln und auch der Teig alle.

>>Bist du satt?<<

Ich stellte die Teller in die Spülmaschine und drehte mich zu Finn. Er holte sich gerade eine Brotbüchse, um sich die fertig belegten Brote, die ich gemacht hatte, für die Schule einzupacken und suchte sich noch einen Schokoriegel aus dem Süßigkeitenschrank.

>>Ja. Die Waffeln waren so perfekt wie immer Papa.<<

Er lächelte mich an und ich lächelte zurück.

>>Natürlich, es ist ja auch das Rezept deiner Mutter.<<

Ich wünschte Celeste wäre in solchen Moment hier.

Ich wusste, wie glücklich es sie gemacht hätte zu sehen, wie ihr eigener Sohn sich so sehr über ihr Lieblingsessen freute und wie viel Liebe Finn und ich in diese kleinen Waffeln steckten.

Ich liebte diese Momente, in denen ich mich so vollkommen und leicht fühlte. Es war so, als wäre Celeste noch hier, so als würde sie mit uns zusammen frühstücken. Es fühlte sich an, als würde ihr Geist durch den Raum schweben und sich neben mir auf dem Stuhl niederlassen, um lächelnd zu beobachten, wie ihr geliebter Mann und Sohn sich schon seit Jahren über diese Tradition freuten.

>>Holst du noch deinen Ranzen?<<

Ich schaute auf die Uhr und stellte erschrocken fest, dass es schon um 7 Uhr war und wir jetzt dringend losfahren mussten.

Finn lief mit seiner Brotbüchse nach oben und ich zog meine Schuhe an.

Jetzt kam der spannende Part: Das Anziehen der Krawatte. Früher hatte mir Celeste dabei geholfen, doch ein kleiner Finn konnte mir hierbei keine große Hilfe sein. Irgendwie schaffte ich es jedes Mal, doch es war seit Jahren nicht mehr dasselbe. Es sah nicht gerade schön aus oder elegant, doch es taugte für die Arbeit als Psychologe. Zumindest hatte sich noch nie jemand über meine Krawatte beschwert, obwohl sich das wahrscheinlich ganz simpel niemand traute.

Finn stolperte die Treppe herunter und schlüpfte schnell in seine Schuhe.

>>Ich bin fertig Papa.<<

Er schaute mich lächelnd an.

Ich öffnete die Tür und ließ ihn zuerst durchlaufen. Auf der Autofahrt zur Schule erzählte er von seiner Klassenlehrerin.

Sie war eine ältere, unfreundliche Dame und der Grund, warum ich Elternversammlungen seit Neuestem hasste. Ich verstand nicht, wie solch eine Person es schaffte Lehrerin zu werden – und dann auch noch Klassenlehrerin einer 5. Klasse. Weder die Kinder, noch die Eltern konnten sie leiden und sie machte nicht wirklich den Eintrug, als würde sie etwas von Pädagogik oder Erziehung verstehen. Ich hatte wirklich das Gefühl, dass diese Frau Kinder über alles hasste und hoffte innerlich, dass sie keine eigenen Kinder hatte, da diese mir sonst unfassbar leidtun würden.

Finn bezeichnete seine Klassenlehrerin gerne als ‚Hexe' und einmal hatten wir darüber Witze gemacht, wie sie Kinder in ihrem Süßigkeitenhaus einsperrte. Immerhin hatte Finn jetzt eine lustige Vorstellung von dieser ‚Hexe' und teilte diese auch mit seinen Freunden.

Die Einfahrt zur Schule war befüllt mit vielen kleinen und großen Kindern bis hin zu den Jugendlichen oder teilweise bereits Erwachsenen. Überall standen Autos: Auf den Parkplätzen, auf der Straße, in der Einfahrt und auf allen anderen Wegen, die der Platz vor der Schule bot. Ich versuchte mich durch die Massen durchzudrängeln und schaffte es schließlich bis kurz vor den Schuleingang.

>>Bis nachher Papa.<<

Finn umarmte mich und ich gab ihm einen Kuss auf die Stirn.

>>Bis heute Nachmittag mein Schatz. Pass auf dich auf und viel Spaß mit der Hexe.<<

Ich zwinkerte ihm zu. Er lief lachend davon und ich beobachtete noch kurz, wie er zusammen mit seinen Freunden das Gebäude betrat.

Mein nächster Stopp war 2 Stunden entfernt, also durfte ich keine Zeit verschwenden.

Nun also komme ich zu der erwähnten verbliebenen Schwester. Liams enge Verwandtschaft bestand aus einem kleinen Bruder, einer großen Schwester und beiden Elternteilen.

Seine große Schwester, Luna, war bereits 20 Jahre alt, studierte ‚International Management' und wohnte daher zurzeit nicht bei ihrer Familie.

Das war ihr Glück. Zum Zeitpunkt der Tat war sie nicht im Haus, sondern in ihrer über 200 km entfernten Wohngemeinschaft. Und genau da mochte ich jetzt hin.

Kurz nachdem ich die Verantwortung für Liams Fall bekommen hatte, hatte ich sie angerufen, um einen Termin zu vereinbaren. Da sie aufgrund der aktuellen Situation eine Auszeit von ihrem Studium nahm, war es sehr einfach einen nahen Termin zu finden.

Ich muss ehrlich sagen, dass ich sehr gespannt war, auf das, was mich erwarten würde. Ich wusste nicht genau in welchem Zustand sie sich befand. Sie nahm sich zwar eine Auszeit und war auch in psychologischer Behandlung, doch ich wusste nicht, wie schlimm ihr Zustand wirklich war.

Vielleicht ging es ihr sowieso schlecht und ich konnte mich daher möglichst normal mit ihr über alles unterhalten, ohne mir Sorgen machen zu müssen, dass ich irgendwelche negativen Emotionen auslöste. Natürlich würden wir ein paar Unterbrechungen aufgrund von Heulkrämpfen haben, doch das war kein Problem für einen erfahrenen Psychologen.

Vielleicht war ihr Zustand zwar schlecht, aber sie war nicht emotional, sondern innerlich leer. Dann würde sie wahrscheinlich nicht viel reden, aber alles Wichtige sagen, das ich wissen musste. Dann jedoch würde es schwer werden ihren Gesichtsausdruck zu lesen und ihre Gedanken zu erraten, was manchmal hilfreicher war als jedes gesprochene Wort.

Vielleicht war sie in einem guten Zustand und ich musste aufpassen, dass ich nichts aufwirbelte, was zunächst zurückgehalten werden musste, bis ihr derzeitiger Psychologe sich darum kümmerte.

Ihren Psychologen würde ich vielleicht zukünftig noch kontaktieren und hoffen, dass er mir einen kleinen Einblick in ihr Inneres verschaffen konnte. Ich dachte nicht, dass mich ein Gespräch mit Luna in Liams Fall weiterführen würde, aber ich mochte jede Spur verfolgen und jeden Hinweis aufnehmen, der mir über den Weg kam.

Ich mochte Liam wirklich helfen und dafür musste ich mich auch auf Wege begeben, von denen ich gerne ferngeblieben wäre.

Die Straßen waren wie leergefegt, dabei war es ein wunderschöner, sonniger Vormittag Ende Mai. Vermutlich wollten viele die ersten warmen Tage dieses Jahres im eigenen Garten verbringen oder fuhren erst über das kommende Wochenende weg.

Für mich war es von Vorteil auf leerer Straße zu fahren, so würde ich die vertrödelte Zeit vom Morgen wieder aufholen und pünktlich 9 Uhr bei Lunas Wohnung sein.

Vielleicht sollte ich mir angewöhnen Frau Henning zu sagen. Es war ungewohnt und fühlte sich falsch an volljährige Patienten mit Vornamen anzusprechen, davon abgesehen, dass sie gar nicht meine Patientin war. Sie war ein Familienmitglied meines Patienten und möglicherweise eine Spur.

Ich wusste nicht, wohin mich diese Spur führen sollte, wünschenswerter weise zu Liams Unschuld, aber das war noch zu viel verlangt. Ich musste es langsam angehen lassen, jedes Detail einzeln betrachten. Und dafür musste ich nun zu Frau Henning.

Puzzleteil für Puzzleteil musste ich das Gesamtbild entstehen lassen. Nur so konnte ich zu meinem Ziel gelangen, nur so konnte ich Liam wirklich helfen.

Links und rechts von mir konnte ich kilometerweit Felder sehen. Es war eine ungewohnte Sicht, da ich zuvor noch nie hier in dieser Gegend gewesen war. Doch es gefiel mir, überall um mich herum nur Natur zu sehen. Ein Feld nach dem anderen, dort Mal ein Wald, dort ein paar Rehe.

Ich genoss diese Aussicht sehr und ließ mich weiter in meinen gepolsterten, weichen Sitz fallen. Ich drehte die Musik auf und fuhr tiefenentspannt zu Luna Henning.

Von Weitem sah ich das gelbe Ortsschild und ich muss ehrlich sagen, dass ich immer nervöser wurde, desto näher ich Frau Henning kam. Ich konnte mich nicht auf die Situation vorbereiten, weil ich nicht wusste, was mich erwarten würde.

Der Ort war klein, ich fuhr ein Stück über die Hauptstraße und bog dann nach rechts in eine kleine Nebengasse. Links befanden sich 3 längliche Wohnblöcke und davor einige Parkplätze. Ich parkte vor dem mittleren Eingang des 3. Hauses.

Die Wohnblöcke waren bunt gestrichen und frisch renoviert – zumindest von außen. Davor gab es eine wunderschöne, grüne Wiese mit vielen Blumen und einem kleinen Spielplatz. Ich konnte einige kleine Kinder beobachten, die Sandburgen bauten oder Fange spielten.

Es war so weit.

Ich zweifelte an meiner Entscheidung herzukommen. Was hatte ich mir erhofft? Dass ich Antworten auf meine Fragen finden würde? Nein, das würde ich definitiv nicht. Also warum war ich hier? Ich wusste darauf keine Antwort. Ich wusste nicht, warum ich den ganzen Weg hierhergefahren war, nur um mit der Schwester meines Patienten zu reden.

Die Digitaluhr im Auto zeigte 8:56 Uhr. Ich nahm meine Aktentasche und meinen Autoschlüssel und stieg aus.

Ich drehte mich ein Stück und schaute mir die Umgebung genauer an. Ich ging davon aus, dass ich mich in einer mittelklassigen Gegend befand. Keine armen, keine reichen Menschen. Die Wohnungen waren vermutlich groß und schön, aber eben keine Luxuswohnungen.

Die Autos waren nicht die teuersten, aber auch keine verrosteten Autos vom Schrottplatz. Das Geld reichte aus für die wichtigen Dinge und manchmal auch darüber hinaus, zum Beispiel für einen schönen Urlaub am Meer.

Auf dem Weg zur Tür wurde ich von den Frauen und Kindern auf dem Spielplatz beobachtet. Vermutlich hatten sie Angst vor dem fremden Mann im schicken Anzug, der soeben vor ihrem Wohnblock geparkt hatte. Kinderentführungen waren leider stetig ein großes Thema und wäre ich an ihrer Stelle gewesen, hätte ich mir vermutlich auch Sorgen gemacht. Die Kinder waren wahrscheinlich eher neugierig darüber, was ich hier in dieser Gegend wollte.

Ich suchte nach dem richtigen Klingelschild, drückte auf den Knopf und wartete kurz.

>>Hallo?<<

>>Guten Tag Frau Henning. Hier ist Herr Morel – Liams Psychologe.<<

>>Guten Tag. Kommen Sie herein.<<

Ich drückte gegen die Eingangstür, betrat das Treppenhaus und suchte nach einer offenen Wohnungstür, während ich nach oben lief. Der Weg fühlte sich lang an und ich schleppte mich träge Treppenstufe für Treppenstufe nach oben bis ich vor Luna Henning stand. Sie war eine 20-jährige Studentin mit schulterlangen, braunen Haaren, blauen Augen und Sommersprossen. Sie war dünn mit einem breiten Gesicht, fast so groß wie ich und hielt mir mit einem breiten Grinsen ihre Hand entgegen.

>>Guten Morgen.<<

Ich schüttelte ihre Hand und nickte dabei freundlich.

>>Guten Morgen Frau Henning.<<

>>Kommen Sie herein.<<

Sie hielt mir die Tür auf und ich ging in die Wohnung. Luna Henning lebte mit zwei Freundinnen in einer Wohngemeinschaft.

Ich folgte ihr durch den Flur ins Wohnzimmer. Die Einrichtung der Wohnung war alt, aber sehr schön. Ich würde es als eine Mischung aus rustikalem und vintage Style beschreiben. Die Möbel und Wände waren in schwarz-grau-blau-Tönen und der Boden aus einem hellen Laminat. Alles war sehr ordentlich, aufgeräumt und sortiert.

Ich vermutete, dass die Wohnung fast immer so aufgeräumt war und nicht nur aufgrund meiner Anwesenheit. Luna Henning wirkte auf den ersten Blick wie ein sehr aufgeweckter, kreativer und ordentlicher Mensch.

>>Sehr schöne Einrichtung.<<

Frau Henning drehte sich zu mir um. Sie sah überrascht aus, aber auch sehr glücklich. Wahrscheinlich waren viele Menschen anderer Meinung und es war ungewohnt jemandem zu begegnen, der, vielleicht nicht unbedingt denselben Geschmack teilte, aber ihn sehr bewunderte. Leider lebten wir immer noch in einer Welt, in der nicht jeder

Mensch tolerant genug gegenüber anderen war und nicht jeder Lebensstil von jedem akzeptiert wurde.

>>Oh danke – das bekommen wir selten zu hören.<<

Sie lächelte und bot mir dann im Wohnzimmer einen Platz am Esstisch an.

>>Wollen Sie vielleicht einen Kaffee oder Tee oder irgendetwas anderes?<<

>>Ich hätte gerne ein Wasser.<<

Sie drehte sich lächelnd um und verschwand in der Küche.

Das Wohnzimmer war klein, doch der Platz reichte aus für 3 junge Frauen. Sie hatten eine hellblaue Couch, eine schwarze Kommode mit einem kleinen Fernseher und einem dunkelgrauen, weichen Teppich. Die Wände waren weiß mit einem dunkelgrauen Strich in der Mitte, der sich durch die ganze Wohnung zog. Der Esstisch bestand aus dunklem Holz, genauso wie die beiden passenden Holzbänke dazu. An den Wänden hingen Dutzende von Bildern mit schwarzen Bilderrahmen und eine Lichterkette war auf der Wand angebracht, an der auch der Fernseher stand.

Vom Wohnzimmer aus konnte man auf einen kleinen Balkon gehen, der weiß gestrichen war. Darauf standen 3 kleine, dunkelgraue Liegestühle und ein, ebenfalls dunkelgrauer, runder Tisch mit Kerzen. Man konnte durch die Fenster auf ein Feld am Rande des Ortes schauen und hatte freie Sicht auf den Horizont. Ich stellte mir vor, wie man hier wunderbar den Sonnenuntergang beobachten konnte.

>>Bitteschön.<<

Frau Henning stellte mir ein Glas auf den Tisch und hatte eine Wasserflasche in der Hand.

>>Ihnen gefällt die Aussicht?<<

Sie lächelte und schaute in Richtung des Balkons.

>>Ja. Sie verbringen wahrscheinlich viele Abende dort draußen?<<

>>Das stimmt. Ich liebe den Sternenhimmel und mache nichts lieber, als bis tief in die Nacht wach zu bleiben und in den Himmel zu schauen.<<

Sie setzte sich mir gegenüber und legte ihre Hände auf ihren Schoß.

>>Das glaube ich Ihnen. Der Sternenhimmel ist etwas sehr Faszinierendes.<<

Sie nickte und lächelte dabei. Sie wirkte nervös und angespannt. Vermutlich herrschte ein unfassbarer Druck auf ihr. Sie wollte nicht weinen, sie wollte sich nicht erinnern. Sie hatte Angst vor meinen Fragen; Angst davor, dass ich sie beschuldigen könnte. Sie hatte Angst vor Verurteilung, Angst zu versagen als große Schwester. Sie wollte nur das Beste für ihren Bruder und hatte Angst, dass sie alles nur noch schlimmer machen könnte.

Wahrscheinlich hatte sie deshalb dieses breite Grinsen auf dem Gesicht gehabt, weil sie angespannt und ängstlich war und es mit glücklichen Gefühlen überspielte.

Immer wieder fand ich es faszinierend, wenn Menschen bei Empfinden tiefster Trauer anfingen zu lächeln, da sie nicht mit ihren Gefühlen umgehen konnten oder zu überwältigt von den negativen

Gefühlen waren. Ich hatte es auch schon oft bei mir selber bemerkt, wie ich in den unpassendsten Momenten die Mundwinkel nach oben zog, selbst mit Tränen in den Augen. Es war eine eigenartige Reaktion des Körpers und bei so vielen Menschen zu beobachten.

>>Sie brauchen keine Angst zu haben Frau Henning. Ich will Ihnen nichts Böses. Ich will Ihrem Bruder helfen. Vertrauen Sie mir?<<

Ich wusste genau, dass sie mir nicht vollkommen vertrauen würde, aber ich hatte gelernt, dass diese kleine Frage zumindest für Entspannung zwischen mir und meinen Patienten – oder in diesem Fall der Verwandtschaft meiner Patienten – führte.

Sie nickte leicht.

>>Sie sind für die Unschuld Ihres Bruders, nicht wahr?<<

Ich bemühte mich möglichst sanft und ruhig zu sprechen. Ich wollte niemanden verurteilen, sondern für Vertrauen sorgen und an gute Informationen kommen, um Liam zu helfen.

>>Ich denke, schon. Er...<<

Sie stoppte und ich sah, wie sich ihre Augen mit Flüssigkeit füllten. Ihre glückliche Ausstrahlung und ihr Lächeln, waren verschwunden.

>>Es ist okay.<<

Sie schaute mich an, presste die Lippen zusammen und nickte vorsichtig. Sie probierte es zu unterdrücken, sie wollte nicht weinen, keine Schwäche zeigen. Sie wollte stark für ihren Bruder sein und wollte ihm helfen.

>>Er liebte seine Familie über alles. Er... wäre nie im Stande dazu gewesen jemanden irgendetwas anzutun... Niemanden... Erst recht nicht seiner Familie.<<

>>Also gab es auch keinen Streit zwischen Liam und seinen Eltern? ... Oder Geschwistern?<<

>>Nein. Also natürlich gab es auch Mal Ärger oder man hat sich Mal gestritten... Aber das ist doch normal? Es war alles immer normal...<<

Sie vergrub ihren Kopf in ihren Händen.

>>Das hat sich auch in letzter Zeit nicht geändert?<<

Sie blieb noch einige Sekunden unten und ich wartete, bis sie wieder die Kraft fand zu sprechen. Sie atmete tief ein und schaute wieder nach oben.

>>Nein. Nachdem ich vor einem Jahr weggezogen bin, habe ich natürlich weniger mitbekommen und hatte auch mit Liam weniger Kontakt, aber er war glücklich. Mama und Papa hatten sich auch nie über ihn beschwert... Er war fleißig, gut in der Schule, hat viel Zeit mit seinem Bruder verbracht und mit im Haushalt geholfen... <<

Sie schaute die ganze Zeit auf den Tisch oder hinter mir an die Wand. Sie wollte mich nicht anschauen, hatte vielleicht Angst und musste ihre Gedanken zusammenhalten, um nicht die Fassung zu verlieren.

>>Hatte Liam viele Freunde?<<

>>Ja. Also er hatte vielleicht 3 beste Freunde mit denen er wirklich viel gemacht hat, aber jeder – wirklich jeder – in der Schule mochte ihn. Es gab nie Streit oder Probleme mit irgendjemanden. Er hat sich mit allen gut verstanden...<<

Jetzt griff ich zu meiner Aktentasche, die neben mir auf der Bank lag, und zog einen Block und einen Stift heraus. Das machte Frau Henning nervöser, doch ich empfand es als nötig mir einige Notizen für später zu machen. Das brachte mich zu meiner nächsten Frage.

>>Wirkte er in letzter Zeit nervöser als zuvor?<<

Ich merkte, dass das Gespräch noch einige Zeit dauern würde, vielleicht länger als erwartet, doch das nahm ich in Kauf.

Ich musste die Wahrheit wissen. Ich weiß nicht wieso, doch ich empfand eine Art Verpflichtung gegenüber Liam, gegenüber dem Gesetz, gegenüber der Gerechtigkeit, gegenüber Liams Familie und auch gegenüber Luna Henning.

Ich musste für Ordnung sorgen.

Es war bereits spät, die Sonne fast vollständig untergegangen und Finn schlief schon seit einer Stunde tief und fest in seinem weichen Bett.

Nachdem ich ihn in sein Zimmer gebracht hatte, hatte ich noch aufgeräumt, den Abwasch gemacht und mich um die Wäsche gekümmert.

Und jetzt saß ich auf meiner Terrasse, schaute auf meinen grünen Garten mit den vielen bunten Blumen und der wunderschönen, ausgefallenen Gartendekoration.

Normalerweise stand ich eher auf eine schlichte Gestaltung, doch Celeste hatte mir beigebracht meinen Blick zu erweitern und auch offen für neue Dinge zu sein. Also hatte ich mich beim letzten Einkauf im Baumarkt für die besonders bunte und kreative Dekoration entschieden.

Ich schaute auf den alten, großen Apfelbaum und die kleine Gartenhütte am Ende des Grundstücks. Ich betrachtete den morschen Holzzaun, der dringend neu gemacht werden musste, und das kleine Vogelhaus, das Finn und ich letzten Sommer gebaut hatten.

Finn kam damals an einem heißen Sommernachmittag von der Schule und wollte unbedingt ein Vogelhaus bauen.

Er hatte sich diese Idee in den Kopf gesetzt und bestand darauf, dass wir sie noch am selben Tag umsetzen würden. Also fuhren wir los und besorgten Nägel, Farbe, Pinsel und Holz aus dem Baumarkt, kauften Vogelfutter aus der Tierhandlung und bastelten uns das Haus zusammen. Finn hatte es dunkelblau angemalt, die Lieblingsfarbe seiner Mutter, und einige Tage später schwarzes Glitzer auf dem Dach verteilt, sodass es in der Sonne glänzte. Er hatte gehofft, dass das Glänzen einen Vogel anlocken würde und es hatte funktioniert. Nur eine Woche, nachdem wir das Vogelhaus aufgestellt hatten, hatte sich schon eine ganze Vogelfamilie eingenistet und Finn hatte voller Freude jedem Vogel einen eigenen Namen gegeben.

Solche verrückten und spontanen Ideen hatte Celeste früher auch oft gehabt. Ich erinnere mich, wie sie eines Tages mit gepackten Taschen vor mir stand, als ich von der Arbeit kam. Zuerst hatte ich Angst, dass sie mich verlassen wollte, doch dann umarmte und küsste sie mich und erzählte mir, dass wir jetzt sofort nach Italien reisen würden.

Ich hatte sie natürlich für verrückt erklärt, doch kurze Zeit später sonnten wir uns am Mittelmeer und aßen italienische Pizza in einem kleinen Restaurant direkt am Strand. Wir tranken bunte Cocktails und hörten dem beruhigenden Meeresrauschen zu, während wir den Sonnenuntergang beobachteten Die Sonne glänzte rötlich auf dem Wasser, als sie langsam hinter dem Horizont verschwand.

Ich liebte sie für diese kleinen, dummen Ideen, die aber auch irgendwie wundervoll waren. Ich liebte sie für die spontanen Ausflüge und Reisen. Ich liebte sie für ihre süße, besondere Art.

Nein, ich hatte sie geliebt – für alles, was sie für mich getan hat.

Sie war der Sinn in meinem Leben, der Grund, warum ich jeden Morgen aufstand und mich durch das Leben kämpfte.

Ja, das Leben konnte manchmal gemein und unfair sein – doch ich hatte Celeste. Und egal wie sehr ich mein Leben gerade hassen mochte, Celeste war da und gab mir die Motivation weiter zu machen und auf bessere Tage zu warten. Sie verbrachte nicht nur die schönen Zeiten mit mir, sondern hielt auch in den schlimmsten zu mir.

Ich erinnerte mich daran, wie ich sie kennengelernt hatte. Damals waren wir beide junge Studenten und wohnten in derselben langweiligen Kleinstadt. Ein guter Freund von mir schmiss zu Studienbeginn eine große Hausparty und lud mich natürlich auch ein.

Er hatte sich mit Älteren zusammengetan, um möglichst viele Gäste aus allen verschiedenen Semestern einladen zu können.

Eigentlich wollte ich an dem Tag gar nicht gehen. Es war stürmisch draußen, ich war müde und ich fühlte mich noch nicht bereit dafür so viele verschiedene Leute kennenzulernen. Doch meine Freunde ließen mir keine Wahl und zogen mich mit sich zu der Party.

Ähnlich ging es Celeste. Sie war gerade erst in ihre neue Wohnung eingezogen und hatte genug Dinge aufzubauen, auszupacken und einzuräumen, doch ihre Freundinnen überredeten sie dazu wenigstens auf ‚ein Bierchen' vorbeizuschauen.

Die Party war zu Beginn sehr langweilig und es fühlte sich wie eine Ewigkeit an, die ich alleine auf der Couch verbrachte, mit irgendeinem alkoholischen Getränk in der Hand, das mir meine Freunde gegeben hatten.

Ich beobachtete die verschiedenen Gäste und unterhielt mich immer Mal wieder mit jemanden. Die meisten kannten sich schon unter einander, spielten Trinkspiele und lachten laut über irgendwelche dummen Witze, die wahrscheinlich nur betrunkene Leute verstehen konnten. Ich saß einfach nur da und beobachtete die laute, tanzende Menschenmenge, die sich über das komplette Haus ausbreitete.

Und auf einmal war *sie* da.

Sie stand alleine mit einem Becher in der Hand, leicht wippend zur Musik, angelehnt an eine Kommode im Flur und lächelte ihren tanzenden Freundinnen zu.

Ich musterte sie vorsichtig und dann trafen sich unsere Blicke.

Sie lächelte mich an und ich wusste sofort, dass ich sie eines Tages heiraten würde. Sie war das schönste Mädchen, das ich jemals gesehen hatte. Sie hatte diese Ausstrahlung und dieses süße Lächeln. Ihre langen, blonden Haare schlängelten sich über ihre Schulter und ihr knielanges Kleid formte sich um ihren perfekten Körper. Mir gefiel schon auf den ersten Blick alles an ihr.

Sie lief elegant auf mich zu, setzte sich neben mich und streckte mir ihre Hand entgegen.

>>Hi. Ich bin Celeste.<<

Sie schaute mich mit ihren großen, hellgrünen Augen an und hatte dieses riesige, süße Grinsen im Gesicht, sodass ich automatisch auch anfing zu lächeln. Sie zog mich sofort in ihren Bann. Ich saß wie angewurzelt da und verlor mich in ihren wunderschön glänzenden Augen.

Und dann redeten wir – die ganze Nacht lang. Wir redeten über unsere Kindheit, unsere Hobbys, unsere Zukunft. Mir gefielen ihr Humor und die Art, wie sie redete. Sie hatte fast die gleichen Interessen wie ich und überraschte mich immer wieder mit irgendwelchen Informationen, die sie über sich preisgab.

Jackpot.

Sie war nicht nur das schönste Mädchen auf Erden, sondern auch intelligent, lustig, humorvoll und passte einfach perfekt zu mir.

Irgendwann waren uns die Menschen zu viel und die Musik zu laut und wir verließen die Party. Wir gingen durch einen großen Park spazieren, liefen über den alten Marktplatz und wir teilten uns eine Pizza als Mitternachtssnack.

Sie erzählte mir von ihrer Liebe zu dunkelblauen Rosen und erzählte mir davon, dass diese Rose nur durch Genmanipulation gezüchtet werden konnte. Sie berichtete so interessiert und überzeugt von ihrem Wissen und ihrer Liebe zu dieser Pflanze und wieder verlor ich mich in ihren Worten.

Als die Sonne langsam aufging, brachte ich sie nach Hause.

Und seitdem war sie mich nie wieder losgeworden.

Es war Liebe auf den ersten Blick, etwas, an das ich nie geglaubt hatte, bis ich es erlebt hatte.

Wir trafen uns oft, verbrachten viel Zeit zusammen und sie stand oft einfach so vor meiner Tür und zwang mich zu einem Spaziergang oder zum Sterne schauen im Park. Sie hatte diese wunderbare, charmante Art. Sie war lustig, spontan, süß, wunderschön und – ach, was rede ich da? – sie war perfekt!

Ich weiß, dass ich mich wiederhole, aber es gibt keine anderen Worte dafür. Sie war das Beste, was mir je passiert war. Kein Wort der Welt hätte sie beschreiben können. In ihrer Nähe fühlte ich mich wohl, zu Hause, geborgen. Ich brauchte nichts im Leben, außer der Sicherheit sie zu haben. Sie machte mich vollkommen. Sie war das letzte Puzzleteil, das mir zu mir selber gefehlt hatte. Nur mit ihr war *ich* wirklich *ich.*

Meine einzige Angst war es, sie eines Tages zu verlieren, eines Tages nicht mehr dieses perfekte Mädchen an meiner Seite zu haben. Sie war alles, was ich wollte und alles, was ich brauchte.

Als sie 22 und ich 24 Jahre alt war, heirateten wir. Wir hatten beide unser Studium abgeschlossen und zogen gemeinsam in eine Wohnung. Wir reisten viel – in alle möglichen Länder. Wir erlebten wunderschöne Abenteuer, kuschelten jeden Tag zusammen und probierten jeden Abend ein neues Kochrezept aus. Wir spielten zusammen bis tief in die Nacht Videospiele oder schauten Filme.

Wir verdienten beide sehr gutes Geld und begannen schon bald unser erstes Haus zu bauen. Wir konnten uns ein großes Haus an einem der meist begehrten Orte der Stadt leisten. Es wurde ganz nach unseren Wünschen designt und erbaut. Nach nur zwei Jahren konnten wir in diesen wunderschönen Neubau mit großem Garten und allem Drum und Dran einziehen.

Zum großen Glück fehlte uns nur noch ein Kind. Doch der Arzt hatte uns versichert, dass es für Celeste gar unmöglich wäre schwanger zu werden. Also dachten wir über Adoption nach. Es war ein Versprechen, dass ich Celeste kurz vor unserer Hochzeit gegeben hatte: Wir werden ein Kind großziehen.

Doch ehe wir uns wirklich Gedanken machen konnten, wurde Celeste ‚krank‘. Ihr war immer übel, sie hatte oft Schwindelanfälle und fühlte sich nicht gut. Also brachte ich sie schon nach wenigen Tagen zum Arzt und der stellte das unmögliche fest: Celeste war schwanger. Es fühlte sich so unreal an, aber war gleichzeitig auch das schönste Gefühl auf der ganzen Welt. Es war so befreiend zu wissen, dass wir ein Kind bekommen würden – unser Kind.

Die Schwangerschaft verlief ohne Probleme und war wunderbar. Wir genossen die Zeit zu einhundert Prozent, gingen oft spazieren, kuschelten viel, ‚sprachen‘ mit dem Baby und gestalteten ein süßes Kinderzimmer. Ich lernte mehr im Haushalt zu übernehmen, die Wäsche zu waschen, aufzuräumen und den Abwasch zu machen.

Wir verbrachten viel Zeit im Garten, machten unsere Beete, bauten das Gartenhaus und Celeste tobte sich ganz an den Dekorationen unserer Terrasse aus.

Wo man auch hinsah, überall waren dunkelblaue Rosen. Sie verteilte sie im Garten, Vorgarten, in den Blumentöpfen auf den Fensterbrettern und im Haus.

Während alle anderen Frauen sich über rote Rosen freuten, bestellte ich täglich hunderte von dunkelblauen Rosen zu uns nach Hause.

Insgesamt war die Schwangerschaft mit Finn traumhaft, fast schon zu schön, um wahr zu sein.

Dafür verlief die Geburt problematisch. Celeste verlor sehr viel Blut und musste lange Zeit im Krankenhaus bleiben, weshalb ich viel Unterstützung von Mary bekam. Finn durfte schon vor Celeste nach Hause und musste von Mary und mir gefüttert, gewickelt und gewärmt werden. Und dann durfte ich zu sehen, wie mein kleiner Junge in so kurzer Zeit immer und immer größer wurde.

Ich war dabei, als er seine ersten Worte sagte, als er anfing sich hinzusetzen, zu krabbeln, zu laufen, zu rennen. Ich war dabei, als er zählen lernte und als er ein Lied nach dem anderen vor sich her trällerte. Ich brachte ihm das Fußballspielen bei und las ihm jeden Abend eine Gute-Nacht-Geschichte vor.

Ich erinnerte mich an einen wunderschönen, heißen Sommernachmittag. Finn lief mit einem kleinen Kescher durch den Garten und wollte Schmetterlinge einfangen, was ihm jedoch nicht gelang. Die Schmetterlinge waren viel zu schnell und Finns kleine Beine viel zu kurz und unkoordiniert. Er stolperte immer wieder über seine eigenen Füße. Doch das hielt ihn nicht auf. Er stand auf und lief sofort lachend weiter.

Celeste hatte ein weißes, langes Sommerkleid an und ihre leicht gebräunte Haut glänzte in der Sonne. Ihre langen Haare fielen bis zu ihrer Hüfte herunter und waren leicht gelockt. Sie hatte rote, volle Lippen, lange, schwarze Wimpern und viele kleine Sommersprossen in ihrem Gesicht. Ihre hellgrünen Augen funkelten und sie schaute Finn mit ihrem breiten, süßen Lächeln hinterher.

Sie war eine wunderbare Frau und eine noch liebevollere Mutter. Sie war alles für mich, mein Diamant, der Anker in meinem Leben. Jede Minute mit ihr war so befreiend. Ich fühlte mich mit ihr so sicher und leicht. Ich wollte für immer bei ihr bleiben, sie für immer lieben. Ich wollte ihr all die Liebe geben, die ich hatte. Ich wollte der beste Ehemann auf der ganzen Welt sein, wollte sie glücklich machen und wenn es sein müsste, hätte ich für diese Frau getötet.

Ich wollte aber auch ein guter Vater sein. Ich wollte immer für Finn da sein, ihn gut erziehen, ihm Dinge beibringen, ihn in den Arm nehmen und ihn verteidigen. Ich wollte, dass ihm niemals etwas Schlechtes passierte.

Dieser Sommernachmittag war die schönste Erinnerung, die ich von Celeste und Finn habe. Es fühlte sich so traumhaft an, wie in einem Märchen.

Natürlich gab es noch so viele andere schöne Erinnerungen, zum Beispiel, wie Celeste mit Finn im Arm auf der Couch eingeschlafen war, nachdem ich ihm seine Lieblings-geschichte vorgelesen hatte.

Oder, wie die beiden gemeinsam Beeren im Garten gesammelt und daraus einen bunten Kuchen gebacken hatten.

Ich erinnerte mich daran, wie die beiden Hand in

Hand lachend vor mir weg gerannt waren, um sich im Park zu verstecken.

Oder daran, wie die beiden eine riesige Bude im Wohnzimmer gebaut hatten, die den ganzen Weg zur Couch versperrte. Celeste hatte dafür alle 6 Stühle in einem großen Rechteck hingestellt und alle Decken, die wir hatten, darüber gespannt. Am Ende hatte sie eine Lichterkette unter die Decken gespannt und den Boden mit ganz vielen weichen Kissen ausgefüllt.

Ich erinnerte mich daran, wie ich von der Arbeit geschafft und müde nach Hause kam und von Celeste und Finn, als Piraten verkleidet, auf ein Piratenschiff, das aus bemalten Kartons bestand, entführt wurde und einen ganzen Nachmittag dort gefangen gehalten wurde.

Oder, wie wir zusammen fast jeden schönen Nachmittag im Sommer in die Stadt gelaufen waren, um das beste Eis der Stadt zu kaufen. Danach waren wir immer in den Park gegangen, hatten uns auf eine Bank am kleinen Teich gesetzt und Celeste und ich hatten Finn beobachtet, wie er ein paar kleine Enten mit Brotkrümeln fütterte.

Ich erinnerte mich daran, wie Celeste und Finn eine riesige Strecke einer Holzeisenbahn, mit darüber gestellten, selbstgebastelten Tunneln aus Pappe, im Garten aufgebaut hatten. Celeste hatte an dem ganzen Gleis eine bunte Lichterkette verbaut, damit es den Passagieren des Zuges nicht zu dunkel im Tunnel war.

Das war sie eben – meine wunderbare Frau und die beste Mutter auf der ganzen Welt. Ich konnte mir niemanden anderen als Mutter meines Kindes vorstellen – nur sie.

Sie war meine Welt, bis meine Welt eines Tages starb.

>>Guten Morgen Herr Morel.<<

Ihre blonden Haare waren zu einem hohen Zopf zusammen gebunden und sie streckte mir lächelnd ihre Hand entgegen. Erst jetzt bemerkte ich den Hochzeitsring an ihrem Finger. Vermutlich war Frau Maier um die 40 Jahre alt, glücklich verheiratet und hatte Kinder. Wissen konnte ich das natürlich nicht sicher, aber ich schätzte sie als liebenswerte Mutter und Ehefrau ein, der das Glück ihrer Familie am Herzen lag.

>>Guten Morgen Frau Maier. Wie geht es Liam?<<

Das Lächeln verschwand aus ihrem Gesicht und sie gab mir ein Zeichen, dass ich ihr folgen sollte. Wir liefen wieder durch die ewig langen, dunklen Gänge, die meine Stimmung sofort betrübten.

Als ich heute Morgen aufgewacht war, war ich noch guter Dinge. Ich wusste nicht warum, doch irgendwie wusste ich, dass ich diesen Fall lösen würde. Deshalb war ich natürlich entschlossener und motivierter denn je gewesen.

>>Er macht sich nicht gut. Er schläft viel – oder tut zumindest so als ob. Gesprochen hat er auch mit niemandem und er verweigert den Kontakt zu anderen Patienten. Er ist die meiste Zeit ganz für sich alleine, sitzt in seinem Bett und starrt die Wand an. Er hat in den letzten 3 Wochen keinen Fortschritt gemacht, doch natürlich erwartet man von uns, dass wir schnell Protokolle einreichen, die irgendwelche Verbesserungen beinhalten. Sie sind wirklich gut in

ihrem Job und deshalb hoffe ich, dass wir mit ihnen so schnell wie möglich irgendwelche Erfolge erzielen können. Ansonsten sieht es leider schlecht aus für Liam.<<

Das war typisch. Natürlich wollten die irgendwas in der Hand haben, irgendein dämliches Dokument über das sich bessernde Verhalten Liams. Sie wollten Bestätigung haben, wissen, dass es die richtige Entscheidung war Liam hierher zu schicken.

Sie wollten sehen, wie er schnell gesund wurde, damit er allen die Wahrheit erzählen konnte. Dann würde man den Fall schnell klären, abschließen und zu den anderen legen können. Natürlich ging es hierbei auch um das Leben der Familie. Je früher man sie fand, desto höher war die Chance sie lebend zu finden.

Aber ich bitte Sie!

Nach 3 Wochen sollte man noch lange keine Fortschritte erwarten.

Natürlich ging es mir auch um das Wohl der Familie.

Natürlich wollte ich sie auch möglichst schnell finden, doch trotzdem glaubte ich nicht an das Unmögliche.

Stattdessen war ich realistisch und glaubte, dass ich erst in einigen Wochen, Monaten, wenn nicht sogar erst in über einem Jahr, ein Wort aus ihm herausbekommen würde.

Wie zu erwarten, isolierte sich Liam von allen anderen.

Er hatte Angst, dass sie ihm etwas Böses wollten, Angst davor etwas Falsches zu tun oder zu sagen. Vielleicht schwieg er deshalb, weil er Angst hatte, man könnte ihm seine Worte im Mund herumdrehen. Vielleicht schwieg er aber auch, weil er einfach nicht sprechen konnte, selbst dann, wenn er es wollte. Er wusste wahrscheinlich nicht, was er denken und fühlen sollte, wie sollte er dann wissen, was er sagen sollte?

Um ihn herum waren nur fremde Menschen mit fremden Absichten.

Nach meiner ganz eigenen Theorie hatte er zusehen müssen, wie seine Familie ermordet oder entführt wurde. Er war traumatisiert und überfordert. Er brauchte erst einmal viel Zeit für sich, um seine Gedanken ordnen und das Geschehene verarbeiten zu können.

Dieses isolierende und schweigende Verhalten erlebte man bei der Mehrheit aller Traumapatienten. Was mir Hoffnung gab, war die Tatsache, dass ich bereits viele Traumapatienten zurück in ihr altes Leben gebracht habe. Ich hatte schon viele zum Sprechen gebracht, viele wieder ‚geheilt'.

Obwohl ich der Ansicht war, dass jemand, der einmal psychisch krank gewesen ist, niemals ‚geheilt' werden konnte. Viele Menschen dachten, dass aus der Therapie derselbe Mensch zurückkam, der zuvor verloren gegangen war – doch das war falsch.

Meine Patienten konnten vielleicht herausfinden, wie es zu alldem gekommen war, herausfinden an welchem Punkt alles begann bergab zu gehen. Und sie konnten lernen mit ihren Ängsten, Problemen und Krankheiten umzugehen. Sie konnten lernen ein „normales" Leben zu führen und glücklich zu sein. Man mag vielleicht meinen der Patient wäre wieder ganz der Alte – doch so war es nicht. Es war eine andere Person, viele sagen sogar eine *verbesserte* Variante der alten Person.

Selbst die ‚geheilten‘ Menschen, die aus meiner Therapie kamen, hatten oft noch ein Leben lang mit sich selber zu kämpfen.

Das war das Unfaire.

Psychisch gesunde Menschen verstanden nicht, wie viel Energie es ‚kranken‘ Menschen kostete jeden Tag aufzustehen und schon die einfachsten Dinge zu machen. Selbst das Zähneputzen, anziehen, ein Brot beschmieren, ein Buch lesen – das alles war oft schon zu viel verlangt.

Natürlich war das auch von Person zu Person verschieden.

Ich hatte Patienten, die sich selbst verletzten, Patienten, die jeden Tag höchstens einen Apfel aßen. Ich hatte Patienten, die scheinbar ‚normal‘ lebten, doch in der Nacht nur eine Stunde schlafen konnten.

Diese Patienten kämpften Tag um Tag, entweder um ihres eigenen Willens oder, weil sie eine Familie hatten, um die sich jemand kümmern musste.

Es gab Patienten, die all ihre Probleme jahrelang für sich behielten, ohne, dass jemand davon etwas mitbekam. Doch manche Patienten schadeten nicht nur sich selber, sondern auch ihrer Umgebung. Freundschaften, Beziehungen und sogar ganze Familien brachen auseinander, bloß weil eine Person nicht die Hilfe bekam, die sie nötig hatte.

Viele Menschen nahmen psychische Krankheiten nicht ernst, machten Witze darüber und sagten sogar, dass das alles gar nicht existieren würde. Ich wollte nicht abstreiten, dass es auch Menschen gab, die nur so taten, als ob sie psychisch krank wären, um Aufmerksamkeit zu bekommen, doch es gab auch genug Menschen da draußen, die wirklich auf professionelle Hilfe angewiesen waren.

Wenn Menschen nicht einmal das verstanden, dann würde kein Geschworener, kein Richter und kein Anwalt dieser Welt verstehen, dass Liam auch noch in einem halben Jahr nicht sprechen würde. Er war ein Traumapatient, eine Herausforderung, die ich liebend gerne annahm.

>>Nun, ich kann nichts versprechen, aber ich werde mein Bestes geben.<<

>>Ich denke Liam wird Ihnen schneller vertrauen als jedem anderen hier.<<

Sie hielt inne und stoppte im Gang. Sie drehte sich zu mir um und schaute mir direkt in die Augen.

>>Um es so zu sagen: Sie sind seine einzige Hoffnung.<<

Sie lächelte kurz und ich lächelte zurück.

>>Ich fühle mich geschmeichelt.<<

Sie lächelte mich noch kurz an, drehte sich dann wieder um und lief weiter.

Vielleicht hatte sie recht, vielleicht würde Liam nur mir vertrauen. Vielleicht würde er verstehen, dass ich ihm helfen mochte. Vielleicht, vielleicht, vielleicht...

Aber vielleicht auch nicht.

>>Er war eben beim Frühstück und saß alleine in der Ecke. Er ignoriert andere Patienten, die ihn ansprechen und sogar das Personal - <<

>>Vielleicht wäre es besser ihn nicht mit anderen essen zu lassen.<<

Ich unterbrach sie.

Sie blieb wieder stehen und schaute mich an. Sie erwartete scheinbar von mir, dass ich meinen Vorschlag nun erklären würde. Immerhin war ich am Ende des Tages derjenige, der die Entscheidungen über Liam traf und sie diejenige, die diese Entscheidungen umsetzen musste. Also mussten wir zumindest ein bisschen als Team zusammenarbeiten.

>>Ich denke es verunsichert und verängstigt ihn mit psychisch instabilen Menschen in einem Raum zu sitzen. Ich habe oft das Phänomen erlebt, dass Menschen, die wie psychisch kranke Personen behandelt werden, sich dann auch krank fühlen und auch so verhalten, selbst, wenn sie es nicht oder eigentlich nur leicht sind. Ich denke nicht, dass er krank ist, er ist nur traumatisiert und wenn wir ihn als möglichst ‚normalen‘ Teenager wieder hier heraushaben wollen, sollte er sich nicht wie einer von denen‘ fühlen. <<

Sie schaute mich verunsichert an. Doch dann begann sie langsam zu nicken.

>>Ja. Sie haben wahrscheinlich recht. Ich werde mich noch heute darum kümmern. <<

Sie lächelte und lief weiter.

Nach einer gefühlten Ewigkeit waren wir endlich auf Liams Station angekommen und Nicolai begrüßte mich mit einem ausdruckslosen und ernsten Gesicht. Ich lächelte ihn an und er ließ mich zu Liam. Ich hörte, wie hinter mir die Tür verschlossen wurde.

Liam saß auf seinem Bett und hatte seinen starren Blick an die Wand gerichtet. Er hatte einen zu großen, schwarzen Pullover und eine lange, schwarze Jogginghose an. Seine blonden Haare waren inzwischen so lang, dass sie ihm über beide Augen hingen und er war seit dem Gerichtsprozess jeden Tag dünner geworden. Er aß zu wenig und bewegte sich kaum. Seine Haut war sehr blass und seine Lippen blau. In seinem Raum war es genauso kalt, grau und bedrückend wie beim letzten Mal.

Sobald ich den Raum betrat, fühlte ich mich wieder unwohl und unsicher. Es lag nicht an Liam, es lag einfach nur an diesem Raum.

Ich beobachtete ihn kurz.

Er saß gekrümmt auf der Bettkante, sodass sich sein Oberkörper mit jedem Atemzug ein Stück nach oben bewegte und beim Ausatmen wieder nach unten ging.

Er atmete langsam und wirkte nachdenklich auf mich.

>>Hallo Liam.<<

Er zuckte ganz leicht zusammen. Er hatte sich an meine Stimme erinnert und wusste, wer ich war.

Vielleicht war er ja froh, dass ich wieder da war. Aber weder sein Gesichtsausdruck, noch seine Körperhaltung verrieten mir, was sich in seinem Kopf abspielte.

>>Du erinnerst dich an mich? Ich bin Herr Morel, dein Psychiater.<<

Er gab natürlich keinen Mucks von sich, sondern starrte weiter an die Wand vor sich. Seine Atmung war zwar langsam, doch ich hatte das Gefühl, dass sie ein bisschen schneller geworden war, seitdem er meine Stimme gehört hatte.

‚Einbildung ist auch eine Bildung.‘, sagte ich zu mir selber und ging einen Schritt nach vorne. Ich sollte mich nicht nur auf das konzentrieren, was mir mein Bauchgefühl sagte, sondern eben auch Mal auf die nüchternen Fakten.

>>Ist es okay, wenn ich mich setze?<<

Er machte keine Bewegung und gab keinen Ton von sich. Ich blieb noch kurz vor ihm stehen bis ich mich dazu entschied mich einfach vorsichtig ihm gegenüber auf den Stuhl zu setzen.

Ich wusste nicht genau, womit ich anfangen sollte, was ich zuerst sagen sollte. Ich wusste nicht genau, welche Reihenfolge am sinnvollsten war, also beschloss ich zunächst etwas für unser gegenseitiges Vertrauen zu tun.

>>Die lassen dich wirklich mit den anderen zusammen essen?<<

Ich lachte leise und sah, wie sich etwas in seinen Augen tat. Da war etwas, eine Bewegung, ein Funkeln, ein Etwas. Eine Art Kommunikation, also keine richtige, aber er war da.

Er war bei mir.

Er hörte mir zu.

Er verstand mich.

Er wich nicht vor mir zurück oder versteckte sich.

Er ignorierte mich nicht, sondern akzeptierte meine Anwesenheit.

Das war ein Fortschritt. Ein Fortschritt, von dem ich den Geschworenen gerne berichtet hätte, aber sie hätten es ja doch nicht verstanden. Für sie wäre das nichts. Ein Funkeln im Auge? Was soll das schon für eine Bedeutung haben? Geredet hatte er ja immer noch nicht.

>>Keine Sorge. Ich hab ihnen gesagt, dass du ab jetzt alleine essen solltest.<<

Da war es wieder, dieses Etwas in seinen Augen. Ich wusste nicht, ob er froh über meine Entscheidung war. Er gab aber andererseits auch kein negatives Feedback, doch das hatte in seinem Fall nicht viel zu bedeuten. Ich persönlich glaubte, er war erleichtert darüber und vielleicht war dieses Etwas seine Art ,Danke' zu sagen.

>>Es muss grausam sein so behandelt zu werden, wie die ganzen Psychos hier, nicht wahr?<<

Ich versuchte mit ihm in einer Art Jugendsprache zu reden, sehr locker und nicht wie ein Erwachsener. Ich wollte mich nicht über ihn stellen, sondern auf einer Ebene mit ihm sein, nur so konnte ich das Vertrauen aufbauen.

So etwas machte ich normalerweise nur, wenn ich mit wirklich kleinen Kindern zu tun hatte, doch ich hielt es in Liams Fall für sinnvoll eine lockere und ehrliche Beziehung zu ihm aufzubauen.

Er starrte weiter an die Wand, doch ich konnte ihm ansehen, dass er nachdachte. Im Kopf antwortete er mir, er sagte etwas, aber er sprach es eben nicht aus. Etwas hielt ihn auf, etwas verbot es ihm zu sprechen. Irgendetwas in ihm machte es ihm unmöglich zu reden. Aber er war da – der Drang zur Kommunikation.

Er wollte sprechen. Er wollte mir von den ‚Psychos‘ erzählen, von den Wächtern und ganzen Psychiatern hier.

Er wollte mir erzählen, wie langweilig es war und wie ekelhaft das Essen schmeckte.

Er wollte sich über diesen kalten und öden Raum beschweren und darüber, wie falsch behandelt er sich fühlte.

Aber er saß nur da und starrte weiter an die Wand.

>>Ich meine, hier sind bestimmt wirklich durchgeknallte Leute. Sind wir ehrlich: Du gehörst nicht hier her und das weißt du auch.<<

Ich sprach langsam, ruhig und leise. Ich wollte ihm zeigen, dass es okay war die Dinge zu fühlen, die er fühlte. Er hatte jedes Recht sich ungerecht behandelt zu fühlen. Er durfte sich beschweren, er durfte sich schlecht fühlen. Ich wollte, dass er mir vertraute, dass er wusste, dass ich ihn verstand und seiner Meinung war, ohne, dass er mir seine Meinung mitteilte. Ich wollte, dass er eines Tages seine Gefühle ganz offen und ehrlich zeigen konnte, ohne sich Sorgen machen zu müssen.

Ich wartete auf den Tag, an dem es aus ihm herausplatzen würde und er sich über alle möglichen Menschen aufregen würde. Über die Richter, die ihm das alles angetan hatten, die Medien, die Lügen verbreitet hatten und die Menschen, die ihn in dieser Psychiatrie ungerecht behandelt hatten. Aber bis dahin hatten wir wohl noch einen langen Weg vor uns.

Trotz allem war ich froh, dass er mir irgendein Zeichen gegeben hatte und wenn es nur dieses kleine

Funkeln in seinen zur Hälfte von Haaren bedeckten Augen war. Das war ein guter Anfang, etwas mit dem ich arbeiten konnte.

>>Ich war gestern bei deiner Schwester.<<

Ich versuchte immer nur einzelne, einfache Sätze zu sagen. Erstens, um ihn nicht zu überfordern, und zweitens, damit ich ganz genau wusste, welche Reaktion sich auf welchen Fakt bezog und am Ende keine Ratespiele spielen musste.

Ich sah wieder dieses Funkeln in seinen Augen und ein Zucken in seinem Gesicht.

Ich wusste nicht, wie gut sein Verhältnis zuletzt zu seiner Schwester gewesen war. Zwar hatte Luna Henning mir versichert, dass beide ein gutes Verhältnis zueinander hatten und sie oft miteinander telefoniert hatten, doch das war alles nur aus ihrer Sicht gewesen. Ich wusste nicht, welche Sicht Liam auf die Beziehung zu seiner Schwester hatte.

>>Keine Sorge. Du weißt, ich will dir nur helfen.<<

Ich wartete kurz und ließ ihn nachdenken.

Was auch immer er gerade dachte, ich ließ ihn seine Gedanken ordnen. Ich gab ihm seine Zeit, bis ich das Gefühl hatte, dass es an der Zeit war wieder etwas zu sagen. Diese Taktik nutzte ich bei vielen Traumapatienten. Wenn sie dachten, aber diese Gedanken nicht aussprechen konnten, ließ ich sie solange denken bis sie es konnten. Nur mit dem Unterschied, dass Liam in diesem Fall nur in seinem Kopf sprechen würde, anstatt es laut auszusprechen.

Natürlich hätte ich viel besser mit ihm reden können, wenn ich gewusst hätte, was er dachte. Vermisste er seine Schwester? Wollte er sie sehen? Hatte er vielleicht Angst, was sie denken könnte? Vielleicht liebte er seine Schwester wirklich über alles und wollte nicht, dass sie schlecht über ihn dachte.

>>Sie vermisst dich. Sie ist für deine Unschuld.<<

Es klang hart ‚Unschuld' direkt in seiner Anwesenheit zu sagen, doch ich konnte es nicht besser formulieren. Ich wusste nicht, was dieses kleine Wort anrichten konnte, aber ich musste es riskieren. Er musste es wissen, er musste wissen, dass seine Schwester ihn liebte und keinesfalls schlecht über ihn dachte.

Das Funkeln in seinen Augen war verschwunden und ich sah ihm an, wie sehr es in seinem Kopf arbeitete, also erklärte ich ihm, warum ich seine Schwester besucht hatte.

>>Ich habe sie ein paar Fragen gestellt. Sie hat gesagt, dass du ein Familienmensch bist und viele Freunde in der Schule hast.<<

Ich lächelte, um freundlicher zu klingen.

Ich hatte Angst, dass ich ihn verunsichern könnte, dass ich verschollene Erinnerungen in ihm wachrütteln könnte. Ich hatte Angst, dass ich unseren Fortschritt verlieren könnte. Ich wollte sein Vertrauen gewinnen und deshalb musste ich sehr vorsichtig sein bei den Sachen, die ich sagte oder tat. Jeder Schritt, jedes Wort musste gut durchdacht sein.

Ich setzte mich deswegen unter Druck und merkte mir selber an, wie nervös ich inzwischen war. Ich hatte Angst, dass Liam meine Nervosität bemerken könnte, dann würde ich nicht mehr wie ein guter Psychiater wirken.

Ich musste freundlich, lieb, manchmal auch ein bisschen verpeilt wirken oder einen Witz machen. Ich musste so liebenswert wirken wie eine gute Vertrauensperson, wie ein Vater oder ein guter Freund – jedoch ohne einer zu sein. Ich musste ein gesundes Patienten-Psychiater-Verhältnis finden.

Ich versuchte ruhig und langsam ein und auszuatmen, um meine Nervosität zu senken. Natürlich bestand die Gefahr, dass ich Fehler machen könnte, aber ich hatte das hier studiert und machte es schon seit 14 Jahren. Ich hatte bisher schon so vielen Menschen geholfen und nur einen einzigen Patienten verloren. Ich war bisher nur einmal nicht gut genug gewesen; hatte nur einmal versagt. Ich war guter Dinge, dass ich das hier schaffen konnte. Deshalb hatte ich diesen Fall auch angenommen: Es war eine Herausforderung, aber ich wusste, dass ich es schaffen würde.

>>Sie möchte dich besuchen.<<

Ich sah diesmal kein Funkeln in seinen Augen, kein Zucken in seinem Gesicht. Nichts. Ich war mir nicht mehr sicher, ob er mir zugehört hatte oder ob er mit seinen Gedanken woanders war. Vielleicht war sein Kopf gerade auch einfach zu leer, um irgendeine Reaktion von sich geben zu können.

Ich musste jetzt geduldig sein, abwarten und jede kleinste Reaktion analysieren.

>>Vielleicht kann sie in einigen Tagen zu dir.<<
Keine Reaktion.

>>Du weißt ja, wie die hier sind. Die müssen erst alles überprüfen, damit du Besuch haben darfst. Wahrscheinlich muss ich mit dabei sein.<<

Nichts.

Heute war Samstag. Das bedeutete: Keine Schule für Finn und keine Arbeit für mich und das wiederum bedeutete Ausschlafen für uns Beide.

Irgendwann wurde ich jedoch von Geräuschen geweckt, die von unten im Haus kamen. Ich öffnete langsam meine Augen. Es war bereits hell draußen und die Sonne schien durch die halbgeöffneten Jalousien in mein Zimmer. Ich drehte mich nach rechts und schaute auf den Wecker, der auf dem Nachttisch neben meinem Bett stand. Es war bereits halb 10.

Ich stand also auf, zog mir etwas an und wollte schauen, woher die Geräusche im Haus kamen. Doch stattdessen blieb ich kurz vor dem großen Spiegel im Schlafzimmer stehen und verschwand in einem Tagtraum.

Wie gerne hätte ich jetzt Celeste an meiner Seite, die mir meinen Hals abküsste und mich dazu überredete noch ein bisschen länger neben ihr im Bett liegenzubleiben.

Doch Celeste war nicht mehr hier und ich hatte einen Sohn, um den ich mich kümmern musste. Also lief ich langsam den Flur entlang und schaute mir die riesige Menge an Familienfotos an, die sich an beiden Wänden befanden.

Bilder von Celeste und mir als wir noch jung waren, als wir heirateten, als wir in unsere erste gemeinsame Wohnung zogen, als wir unser Haus bauten und haufenweise Bilder von Celeste und Finn. Dazwischen waren auch einige Bilder von Finn und mir, meistens Selfies, die nach Celestes Tod entstanden waren.

Als Kind hatte Finn lange, blonde Locken gehabt. Er sah aus wie ein kleiner Engel und verhielt sich auch wie einer. Je älter er wurde, desto mehr erinnerte er mich an seine Mutter. Sie sahen sich so gleich und waren es auch. Finn hatte so viele charakteristische Züge seiner Mutter geerbt. Und je ähnlicher er Celeste wurde, desto mehr vermisste ich sie.

Als Finn gerade sechs Jahre alt geworden war, fragte er mich, wann seine Mutter wieder nach Hause kommen würde. Ich hatte ihm früher immer erzählt, dass Celeste im Himmel wäre und die Sterne nachts zum Leuchten brachte, damit es nicht so dunkel in der Nacht war. Aber irgendwann erzählte ich ihm, dass seine Mama nie wiederkommen würde, sondern für immer schlafen würde.

Und Finn hatte mich gefragt, warum sie denn für immer schlafen würde und wo sie jetzt war. Also sind wir noch am selben Tag zum Friedhof gefahren und ich hatte ihm das Grab gezeigt.

Finn hatte inzwischen Angst vor Friedhöfen, deshalb waren wir lange nicht mehr zusammen beim Grab von Celeste gewesen. Früher hatte er tatsächlich Angst davor gehabt, dass er auf dem Friedhof einschlafen und nie wieder aufwachen würde. Doch inzwischen hasste er den Friedhof im Ganzen, mit seinen ganzen Gräbern und Leichen und traurigen Menschen. Er hatte keine Erinnerungen an Celeste, doch, nach all meinen Erzählungen, gesehenen Videos und Bildern, wollte er seine Mutter in guter ‚Erinnerung' behalten, anstatt seinen Hass zum Friedhof mit ihr zu verbinden.

Ich verstand das.

Als ich damals meine Mutter verloren hatte, war ich auch nie auf dem Friedhof gewesen. Ich wollte nicht vor dem Grab stehen und wissen, dass sie dort unten lag. Ich glaubte zwar nicht *wirklich* an Übernatürliches, doch ich hatte Angst ihre Anwesenheit zu spüren. Ich wollte nicht bei meiner toten Mutter sein. Ich wollte sie entweder lebendig erleben oder gar nicht.

Die Vorstellung, dass dort hunderte Seelen auf einem Ort waren, die alle auf einen herabschauten, bedrückte mich. Also verzichtete ich jahrelang auf Friedhofbesuche; auch als mein Vater und meine Geschwister bei einem Unfall starben. Ich wurde das Gefühl nicht los, dass sie mich auf dem Friedhof verfolgen würden.

Erst als Celeste verstarb traute ich mich wieder an diesen Ort. Ich machte alle 2 Wochen ihr Grab schön und sauber und das seit 8 Jahren.

Ich lief die Treppe herunter und ging durch den Flur. Dabei fiel mir das Chaos auf dem Boden auf. ‚Ich muss dringend aufräumen', sagte ich zu mir selber und hatte damit meine Beschäftigung für den heutigen Tag gefunden.

Finn hatte sich Cornflakes, Beeren und Milch in eine Schüssel gefüllt und sich auf die Couch gesetzt. Im Fernseher lief ein Actionfilm und man konnte im Hintergrund die Vögel in unserem Garten zwitschern hören.

>>Guten Morgen.<<

Finn hatte nicht mitbekommen, dass ich in der offenen Tür stand und drehte sich erschrocken um, dann lachte er.

>>Du hast mich erschreckt Papa.<<

Ich lachte mit ihm und setzte mich neben ihm auf die Couch.

>>Und sind die Beeren lecker?<<

Ich schaute auf seine Schüssel, in der alle möglichen Beerensorten bunt durcheinander gemischt waren.

>>Ja.<<

Er hielt mir lächelnd die noch fast volle Schale entgegen.

>>Probier' Mal.<<

Ich nahm die Schüssel in die Hand. Er gab mir seinen Löffel und ich probierte die Beeren gemischt mit Schoko Cornflakes und Milch. Es war eine interessante Mischung. Nichts für mich, aber etwas für einen 11-jährigen Jungen.

>>Oh ja, du hast Recht. Die schmecken sehr gut.<<

Ich lächelte und gab ihm seine Schüssel zurück.

>>Ich werde mir auch etwas zum Frühstück machen.<<

>>Oke Papa.<<

Ich stand auf und ging in die Küche. Als ich über die Türschwelle trat, wurde mir bewusst, dass ich neben dem Flur auch dringend die Küche aufräumen musste. Alles stand durcheinander, Cornflakes lagen auf dem Boden und ein riesiger Stapel von Tellern stand in der Spüle.

Ich machte mir einen Kaffee und Toast mit Honig

und balancierte dann den Teller mit der Tasse wieder ins Wohnzimmer.

>>Also was wollen wir heute machen Papa?<<

Finn schaute mich mit seinen riesigen, neugierigen Augen an. Ich stellte mein Essen auf dem Couchtisch ab, setzte mich und schaute ihn nachdenklich an.

>>Was willst du denn machen?<<

Er ließ sich in die Couch sinken und schaute jetzt nachdenklich auf den Fernseher.

>>Ich weiß es nicht.<<

>>Wie wär's mit aufräumen?<<

Er schaute mich mit einem bösen Blick an.

>>Nein. Ich dachte eigentlich was Lustiges!<<

>>Aufräumen ist auch lustig.<<

Dann fingen wir beide an zu lachen, weil wir ganz genau wussten, dass Aufräumen keinen Spaß machte.

Finn richtete sich auf und legte die Hände in seinen Schoß.

>>Und... Wenn wir ins Kino gehen?<<

Ich überlegte. Eigentlich keine schlechte Idee. Wir beide waren lange nicht mehr im Kino gewesen und wir könnten einen Spaziergang bis dorthin machen. Auf dem Rückweg könnten wir vielleicht Mary besuchen und bei ihr essen.

>>Na gut. Aber vorher räumen wir auf.<<

Er überlegte kurz und nickte dann.

>>Und du musst einen guten Film heraussuchen.<<

Ich biss von meinem Toast ab und Finn sprang auf, um unseren Laptop zu holen. Er stellte sich auf die Zehnspitzen, um an den Laptop auf der Kommode zu kommen und hüpfte dann wieder auf die Couch. Dann suchte er im Internet nach der Seite des Kinos und wir einigten uns auf einen Abenteuerfilm.

Nachdem wir beide gegessen hatten, schaute ich erschrocken auf die Uhr.

>>Es ist schon 11:30 Finn. Wir sollten anfangen aufzuräumen.<<

Finn stand sofort auf und brachte seine Schüssel in die Küche. Er wollte so schnell wie möglich alles aufräumen, damit wir ins Kino konnten und danach zu seiner Oma.

Ich begann das Geschirr abzuwaschen und abzutrocknen, während ich hören konnte, wie Finn in seinem Zimmer in Kisten kramte, Dinge auf den Boden flogen und er daran verzweifelte sein Bett neu zu beziehen.

Ich lachte. Celeste hatte das auch gehasst, deshalb hatte ich es monatlich für alle gemacht.

Ich räumte die restlichen Kartons und Boxen in den richtigen Schrank und wischte die Arbeitsfläche ab. Danach ging ich in den Flur in Richtung Treppe.

>>Brauchst du Hilfe?<<

Ich schaute nach oben, als ob ich ihn dadurch besser hören könnte.

>>Nein Papa. Ich schaff' das alleine.<<

>>Na gut.<<

Mein nächster Stopp war das Wohnzimmer. Ich saugte und richtete die Kissen, damit es angenehmer war sich zu setzen. Danach nahm ich die Stoffgardinen ab und brachte sie zur Waschmaschine.

Ich nahm die gewaschene Wäsche, brachte sie in unseren Garten und hing sie auf. Danach wässerte ich die Pflanzen im Haus und im Garten, pflegte ganz vorsichtig die dunkelblauen Rosen und räumte die herumliegenden Gartengeräte in den Schuppen.

Ich sortierte die Schuhe im Flur in den Schrank und beseitigte das Papierchaos auf der Kommode.

In der oberen Etage war es leise.

>>Bist du fertig Finn?<<

Ich stand wieder vor der Treppe und schaute nach oben.

>>Ja Papa.<<

Ich ging nach oben und schaute in sein Zimmer. Alles war aufgeräumt und am richtigen Platz.

>>Kannst du die Bettwäsche noch nach unten in den Waschraum bringen?<<

Finn verdrehte zwar zuerst die Augen, doch nahm dann die Bettwäsche und schlich sich an mir vorbei nach unten.

>>Danke Finn.<<

Mein Schlafzimmer war bereits aufgeräumt, also fehlte nur noch mein Arbeitszimmer. Ich hatte seit Monaten nicht mehr aufgeräumt, alle möglichen Dokumenten lagen im Zimmer herum. Geöffnete und geschlossene Schubladen versperrten einem den Weg und bevor ich zu meinem Schreibtisch gelangen konnte, trat ich auf mehrere Büroklammern und Stifte.

Dieses Chaos dürfte niemals jemand sehen, sonst wäre ich mein Job schneller los als gedacht. Aber ein Genie beherrscht das Chaos – genauso war es bei mir. Ich konnte nur in diesem Chaos überlegen, nur so konnte ich den Bürokram erledigen.

Mir waren noch nie irgendwelche Dokumente verloren gegangen oder waren später falsch eingeheftet. Bis jetzt war dieses Chaos mehr Ordnung für mich als alles andere. Ja, selbst in diesem Durcheinander gab es irgendwo eine Ordnung. Eine Ordnung, die eben nur ich verstand.

Und da ich so gut mit dem Wirrwarr zu Recht kam, wollte ich gar nicht so viel daran ändern. Ich nahm einige Dokumente und heftete sie in verschiedene Ordner. Die Ordner wiederum packte ich alle an ihren richtigen Platz im Schrank.

Dann sammelte ich alle Büroklammern und Stifte auf und sortierte sie in die Schublade an meinem Schreibtisch. Die restlichen Papiere und Zettel ließ ich an ihrem jetzigen Platz liegen. Dann würde ich sie am Ende zumindest wiederfinden, wenn ich sie suchte, sonst wüsste ich nicht, wo ich sie hineingepackt hatte, oder würde vergessen, dass es sie überhaupt gab.

Ich ging nach unten und sah Finn auf der Couch sitzen.

>>Also ich bin fertig... und du auch...<<

Sagte ich und lehnte mich an den Türrahmen.

Finn drehte sich fröhlich zu mir. Dann zogen wir unsere Schuhe an, nahmen jeweils eine Jacke für den Abend und liefen los.

Ich liebte Spaziergänge mit Finn. Manchmal unterhielten wir uns die ganze Zeit, manchmal war es minutenlang ruhig. Manchmal hielten wir an und schauten uns irgendwelche Blumen oder Tiere in den kleinen Waldstücken an. Manchmal trafen wir jemanden, den wir kannten, manchmal sahen wir irgendwelche lustig geformten Wolken.

Es war fast um 2 Uhr am Nachmittag, als wir am Kino ankamen. Der Actionfilm war meiner Ansicht nach nicht wirklich spannend gewesen, doch Finn liebte ihn und das war die Hauptsache. Wenn er glücklich war, war ich es erst recht.

Doch ich konnte mich nicht wirklich auf den Film konzentrieren. Gedanken und Sorgen um Liam drehten sich in meinem Kopf. Selten war es der Fall, dass ich meine Arbeit mit nach Hause nahm, doch Liam ging mir nicht aus dem Kopf.

Was war mit seiner Familie passiert? Was wusste er, was wir nicht wussten? Was verschwieg er? Hatte er Angst etwas Falsches zu sagen, nicht gehört zu werden oder es den falschen Menschen zu sagen? Warum sprach er nicht?

Es gab zu viele Theorien in meinem Kopf.

>>Ich möchte klingeln!<<

Finn sprang die Treppenstufen nach oben und stellte sich auf die Zehnspitzen, um die Klingel zu erreichen. Ich hoffte, dass er auf das richtige Schild gedrückt hatte und als ich Marys Stimme hörte, spürte ich das Gefühl von Erleichterung.

Als Kind hatte Finn einmal auf ein falsches Schild gedrückt und, Schwupps, hatten wir ein Gespräch mit dem aggressiven, fettleibigen Nachbarn von Mary, der das Klischee eines jungen, alleinstehenden, erwachsenen Mannes erfüllte, der mit keinem seiner beiden Beine im Leben stand und eindeutig die Kontrolle über alles verloren hatte.

Ich stellte mir vor, wie er täglich in seiner kleinen Wohnung, die einer depressiven Höhle glich, Videospiele spielte und jeden Tag Fast-Food zu sich bestellte, sodass er bereits alle Pizzalieferanten in der Nähe höchstpersönlich kannte.

Ich stellte mir vor, wie er sich jeden Tag mit seinem riesigen Bierbauch die Treppen nach oben zog und den Bauch einziehen musste, um sich durch seine Wohnung bewegen zu können.

Daniel Treuchter war ein Mensch, der Hass gegenüber allem und jedem empfand. Er hatte sein Leben aufgegeben und war vermutlich dazu bereit friedlich zu sterben. Er hatte seiner Mutter beim letzten Kaffeetrinken zum letzten Mal ‚Tschüss und bis morgen' gesagt und dem Pizzalieferanten zum letzten Mal extra viel Trinkgeld gegeben. Er hatte seine letzte

Miete, seine letzte Strom- und Gasrechnung bezahlt und das letzte Mal allen Bewohnern des Hauses das Leben zur Hölle gemacht.

Das Vibrieren des Sensors brachte mich wieder zurück in die Realität. Finn lehnte sich gegen die Tür und fing an die Treppen nach oben zu sprinten. Langsam trottete ich hinterher. Ich war erschöpft und müde und mein Kopf wollte einfach keine Ruhe geben. Ich hoffte vergebens darauf, dass meine Gedanken endlich still werden würden und ich mich voll und ganz auf Finn und Mary konzentrieren konnte.

Mary hatte sich so sehr gefreut, als ich ihr am Telefon gesagt hatte, dass wir gerne zum Abendbrot kommen würden und ich wollte ihr ihre gute Stimmung nicht ruinieren, obwohl ihre Aufmerksamkeit viel wahrscheinlicher auf Finn liegen würde.

Im Flur roch es nach Staub, altem Holz und Reinigungsmitteln. Je näher wir Marys Wohnung und damit auch Daniel Treuchters Wohnung kamen, desto mehr roch es nach Fast-Food und Schweiß. Der unangenehme Geruch durchflutete meinen ganzen Körper, bis er mir kurze Kopfschmerzen verursachte.

Gerade als wir Marys Wohnung erreichten, fing mein Handy an zu vibrieren. Ein kurzer Blick reichte aus und ich wusste, dass ich jetzt keinen wunderschönen Abend mit Mary und Finn verbringen würde.

>>Geh ruhig ran.<<

Mary flüsterte mir ins Ohr, als wir uns zur Begrüßung umarmten. Dann nahm sie Finn an die Hand und ging mit ihm ins Wohnzimmer, wo bereits der Tisch gedeckt war und Kisten vollgepackt mit Spielen hin geräumt waren.

Ich schloss die Tür und nahm den Anruf beim Treppen Herunterlaufen an.

>>Guten Tag, Morel.<<

Ich wartete auf eine Antwort, während ich den Griff der Eingangstür nach unten drückte und an dann an ihr zog. Mir kam eine kühle und frische Luft entgegen, die ich dankbar einsog.

>>Guten Abend Herr Morel. Hier ist Frau Maier... aus der Heinrichs-Klinik.<<

Sie machte eine Pause beim Sprechen. Ich konnte hören, wie nervös und aufgebracht sie klang. Es lag ein Zittern in ihrer Stimme, eine gewisse Zerbrechlichkeit und Ungewissheit. Sie klang besorgt, verunsichert, verängstigt und allem voran verzweifelt.

Ich hatte sie bisher nur als die robuste, sturköpfige und zielstrebige Stationsleiterin gekannt, die vielleicht noch etwas jung und unerfahren war, aber trotz allem stets ihr Bestes gab, sich nicht einfach aus der Fassung bringen ließ und stets auf das Beste ihrer Patienten aus war.

Sie jetzt so zu hören machte mich mindestens genauso nervös wie sie klang und ich hoffte, dass sie mir jeden Moment eine Begründung für ihre plötzliche Nervosität geben würde.

>>Es... Es gibt einen Notfall... Oder nein... Es gibt... Neuigkeiten. Sie müssen sofort in die Klinik kommen und sich das ansehen. - <<

Ich hörte, wie sie tief Luft holte.
>> - Bitte.<<

Ich versicherte ihr, dass ich den schnellsten Weg zur Klinik nehmen würde und legte auf. Sofort begann ich nach Hause zu rennen. Um Mary und Finn würde ich mir keine Sorgen machen. Finn war bei Mary in sicheren Händen und Mary freute sich immer über Zeit mit ihrem so sehr geliebten Enkel.

Ich kramte in meiner rechten Hosentasche nach meinem Schlüssel und schloss sofort auf als ich die Haustür erreichte.

Ich wusste nicht um was es ging, doch ich durfte keine Sekunde an Zeit verlieren. Sie brauchten mich, sonst hätten sie nicht nach meiner sofortigen Anwesenheit gefragt, und sie zählten auf mich, also durfte ich sie jetzt nicht enttäuschen.

Ich rannte nach oben in mein Büro, nahm meine Aktentasche und auf dem Weg nach unten schnappte ich mir mein Jackett und meinen Autoschlüssel. Ich sprang nach draußen, zog die Tür ran und schloss ab. Im nächsten Moment öffnete ich die Fahrerseite meines Wagens, schmiss mein Jackett und die Tasche auf den Beifahrersitz und stieg ein.

Während ich losfuhr, verband sich mein Handy per Bluetooth mit dem Auto und ich konnte Mary anrufen.

>>Hallo Mary. Es gibt einen Notfall mit einem meiner Patienten. Ich muss jetzt sofort in die Klinik fahren. Ich weiß nicht um was genau es geht und wie lange es dauern wird. Kommen du und Finn zurecht?<<

>>Natürlich. Mach dir um uns keine Sorgen. Wir haben gerade angefangen zu essen und danach spielen wir. Wenn es zu spät wird, kann Finn bei mir schlafen und du holst ihn morgen ab, wenn es dir passt.<<

>>Danke, das ist lieb von dir.<<

Ich wusste, dass sie innerlich dankbar dafür war, dass sie einen ganzen Abend alleine mit ihrem Enkel verbringen durfte und er das erste Mal seit Langem bei ihr schlafen würde.

>>Kümmere dich um deinen Patienten und ich kümmere mich um Finn. Bis später.<<

>>Tschüss Mary.<<

Als ich auflegte, begannen hunderte Gedanken meinen Kopf zu füllen. Warum hatte Finn nur so selten bei seiner Oma geschlafen? War es meine Schuld?

Vielleicht hätte ich mehr darauf achten sollen, dass er eine bessere Bindung zu seiner Oma hatte, dass er sie oft sah und bei ihr übernachtete. War ich ein schlechter Vater?

Vielleicht lag es daran, dass ich selber nie eine Verbindung zu Familienmitgliedern in meiner Familie aufgebaut habe. Mein Vater war Alkoholiker und meine Mutter den ganzen Tag lang arbeiten. Meine Großeltern habe ich eigentlich nur zu meinem Geburtstag und zu Weihnachten gesehen. Meine Tanten, Onkel, Cousins und Cousinen habe ich bis heute nicht kennengelernt.

Als mein Vater damals verstarb, hatte ich zum ersten und einzigen Mal in meinem Leben meine komplette Verwandtschaft seinerseits auf der Beerdigung gesehen.

Ein kurzes ‚Hallo' und ‚Tschüss' und seitdem hatte ich vergessen, dass ich überhaupt Familie hatte. Seitdem ich damals aus meinem Elternhaus ausgezogen war, hatte ich sie alle vergessen. Es war, als hätte ich das erste Kapitel meines Lebens abgeschlossen, zu geschlagen und die Seiten zusammengeklebt. Es existierte nicht mehr.

Zu Beginn hatte ich oft die Schuld bei mir gesucht, aber irgendwann hatte ich begriffen, dass ich nur ein Opfer dieser Geschichte war und kein Täter. Und genauso wenig Schuld hatte ich bei Finn. Ich verbot ihm keinen Kontakt und ich hatte dafür gesorgt, dass er seine Oma oft sah und ein gutes Verhältnis zu ihr aufbauen konnte. Vor allem aufgrund dessen, dass sie die einzige Verwandtschaft war, die wir noch hatten.

Ich bog in das Tor zur Klinik ein und suchte mir einen Parkplatz nah am Eingang der Klinik.

Als ich das Auto abstellte, atmete ich tief ein und aus.

Egal was passiert war, sie brauchten mich, bei voller Konzentration. All der Stress mit meiner Familie musste wieder in den Weiten meiner Erinnerungen verschwinden und ich musste mir wieder vor Augen führen um welchen Patienten, mit welcher Hintergrundgeschichte, es ging.

Ich stieg aus, zog mir das Jackett über mein weißes T-Shirt, das ich angelassen hatte, und nahm meine Aktentasche.

Liam Henning. 17 Jahre alt, angeklagt für den Mord an seiner Familie und er schwieg seit dem Tag, an dem seine Familie verschwand. Ich hatte Kontakt zu seiner großen Schwester Luna Henning, 20 Jahre alt, aufgenommen, die zurzeit eine Pause von ihrem Studium machte. Ich hatte bisher 2 Besuche bei Liam gehabt, die das Vertrauen zwischen uns beiden aufbauen sollten.

Ich betrat das Gebäude und wurde sofort von Frau Maier in Empfang genommen. Sie gab mir die Hand, doch für lange Begrüßungen war keine Zeit, sofort begann sie in schnellem Schritt durch die Klinik zu rennen, um so schnell wie möglich zu Liam zu gelangen.

>>Er hat, wie gewöhnlich, auf seinem Bett gesessen und nichts gemacht. Wir haben ihn über die Kamera beobachtet, als er auf einmal aufstand und sich einen Stift nahm. Wir hatten Hoffnung, er würde etwas auf ein Blatt Papier schreiben oder zeichnen, was uns weiterhelfen würde...<<

>>Und?<<

>>...Na ja in gewisser Art und Weise hat er das auch. Er hat den Stift genommen und angefangen damit etwas in die Metallwand zu ritzen. Es ist eine Zeichnung, zumindest glauben wir das. Als er fertig war, hat er angefangen zu schreien und hat sich auf dem Boden zusammen gekauert. Zwei Schwestern sind zu ihm und haben versucht mit ihm zu reden, doch er ist wieder still geworden und hat an die Wand gestarrt.<<

Wir waren diesmal schneller an der Station angekommen, weil wir so schnell gelaufen waren, und Frau Maier öffnete die riesige Metalltür mit einem der vielen Schlüssel. Ich sagte nichts, sondern versuchte die

Informationen zu verinnerlichen und mir ein Bild der Gesamtsituation zu machen.

>>Und was sie auch noch interessieren könnte- <<

Wir hielten vor Liams Zimmer und sie drehte sich zu mir um.

>>-Liam ist eine Träne die Wange heruntergeflossen als die Schwestern zu ihm kamen.<<

>>Ich denke sie hätten ihn alleine lassen sollen.<<

Ich schaute sie mit einem ernsten Blick an und wurde dann von Nicolai in das Zimmer gelassen.

Zurück blieb eine verzweifelte Frau Maier.

Sie hatte von Anfang an nur gewollt, dass ich mit dieser Klinik zufrieden war, dass sie diesen wichtigen Job bekam, mit einem Patienten, den das ganze Land kannte. Sie hatte von Anfang an nur gewollt, dass alle ihrer Kollegen beste Arbeit leisteten und sie mithilfe von Liam gute Zahlen erreichen konnte.

Und jetzt war es gerade *ihr* passiert, dass ihr Patient die Kontrolle verlor und ihr dann ein so wichtiger Therapeut, wie ich es für sie war, zeigte, wie enttäuscht er von ihrem Handeln war. Sie wusste nicht welche Konsequenzen nun folgen oder nicht folgen würden und sie hatte Angst.

Während ich mich jetzt mit Liam beschäftigen würde, würde sie vor Angst und Sorgen innerlich zusammenbrechen. Und genau das war mein Ziel, denn sie würde daraus lernen und ihren Fehler nicht noch einmal machen: Handeln ohne meine Absprache.

Kurz dachte ich darüber nach, ob ein stationärer Aufenthalt meinerseits nicht hilfreich wäre, denn dann wäre ich jederzeit vor Ort. Allerdings war Liam mein einziger Patient an dieser Klinik und es würde sich nicht lohnen meine restlichen Patienten über den ganzen Globus zu scheuchen.

Stattdessen wäre Frau Maier nun dazu gezwungen, mich zunächst anzurufen oder auf mich zu warten bis ich vor Ort war, bevor sie wieder solche verantwortungslosen Entscheidungen traf. Ich wollte, dass sie ihren Fehler bemerkte und daraus lernte. Es würde keine einzige Konsequenz für sie geben, aber sie würde ihr Verhalten verbessern und das war mein Ziel.

Ich betrat den kalten, dunklen Raum und blickte auf Liam, der auf dem Bett saß. Es fühlte sich an, als wäre er nur ein Schatten seiner selbst, ein lebendiger Körper mit einer toten Seele. Ich hatte das Gefühl, dass sich sein Zustand seit dem letzten Treffen verschlechtert hatte.

>>Was haben die bloß gemacht?<<

Ich flüsterte mir selber zu. Ich wollte den Gedanken am lautesten hören, der gerade am wichtigsten war, also sprach ich ihn aus. Vielleicht auch, weil Liam dann hören konnte, dass ich mich um ihn sorgte und dass ich wusste, dass etwas nicht stimmte.

Ich wusste jedoch nicht einmal, ob er mich überhaupt mitbekommen hatte; er saß zwar direkt vor mir, machte jedoch nicht den Eindruck, als wäre er geistig anwesend.

Ich ging langsam Schritt für Schritt auf ihn zu und setzte mich dann wieder auf den Stuhl. Um die Zeichnung würde ich mich später kümmern. Jetzt zählte nur das Wohl meines Patienten.

>>Hey Liam.<<

Wie zu erwarten, bekam ich keine Antwort. Kein einziges Zeichen. Er zeigte keine Reaktion.

Sein Blick war leerer als zuvor, seine Augen hatten kein Funkeln, kein Licht durchdrang ihn. Er war wirklich nur ein schwarzes, großes Nichts in diesem kleinen, kalten Zimmer.

Ich merkte, dass nur noch negative Energie seinen Körper durchströmte und verließ. Alles Positive von unserem letzten Treffen, was mir Hoffnung gegeben hatte, hatte ihn verlassen.

>>Weißt du noch wer ich bin?<<

Ich wollte mit ihm reden, ihm die Hoffnung schenken, die ich nicht mehr hatte. Okay, ein kleiner Funken Hoffnung war vielleicht doch noch da, sonst würde ich nicht zu ihm sprechen.

Vielleicht hoffte ich, dass etwas passieren würde, wenn er mitbekommen würde, dass der Mann vor ihm saß, der wirklich versuchte ihm zu helfen, anstatt ihn mit einer großen Menge sinnloser Fragen zu überfordern. Vielleicht konnte er sich daran erinnern, welche Hoffnung ich ihm gegeben hatte. Vielleicht kamen die Gefühle, die er beim Zeichnen gespürt hatte, wieder hoch und er würde alles, was er jetzt empfand, also dieses große, schwarze Nichts, beiseitelegen.

Ich hoffte, weil es alles war, was ich konnte.

Bei vielen Patienten wusste ich, dass ich mit guter Arbeit helfen würde und schon in einigen Monaten die Welt wieder viel besser aussehen würde. Natürlich musste ich immer irgendwie hoffen, dass ich es schaffte, aber wenn ich gute Arbeit leistete, wusste ich immer, dass ich es schaffen würde.

Doch bei Liam half nur hoffen. Ich wusste nicht, ob ich es schaffen würde ihm eines Tages zu helfen. Es war nicht so, als würde ich an meinen Fähigkeiten zweifeln oder aufgeben, aber ich wusste, dass Liam mein schwierigster Fall bisher war. Er war eine Herausforderung und jetzt, wo sich sein Zustand verschlechtert hatte, war er eine größere Herausforderung als ich gedacht hatte.

Ich wusste, ich würde mein Bestes geben und die Herausforderung dankend annehmen. Sie würde mich geistig fördern, mich als Therapeuten wachsen lassen. Aber ich wusste auch, dass es passieren könnte, dass ich es nicht schaffen würde ihm zu helfen. Natürlich ließ ich das niemanden wissen, denn die meisten Menschen würden es nicht verstehen.

Die Menschen würden denken, dass ich ein schlechter Therapeut war und einen meiner Patienten aufgegeben hatte, weil ich in ihm einen hoffnungslosen Fall sah.

Doch das war nicht der Fall.

Hoffnungslos war Liam sicherlich nicht, irgendwen würde es bestimmt geben, der ihm helfen konnte. Ich wusste eben nur noch nicht, ob *ich* dieser jemand war.

>>Ich bin Herr Morel. Ich möchte dir helfen. Weißt du noch? Ich war schon mal hier und ich habe einmal mit deiner Schwester gesprochen, die dich besuchen möchte.<<

Ich sah ein kleines Zucken in seinem rechten kleinen Finger. Er war hier. Er konnte mich hören und er wollte reagieren, doch irgendwas unterband jegliche Form von Reaktion.

Alles, was sein Körper zustande bringen konnte, war dieses kleine, unscheinbare Zucken in seinem Finger. Und trotzdem war es genug für mich, um meine Hoffnung wieder enorm zu steigern.

>>Ich weiß, dass du mich hören kannst. Es ist okay, wenn du nicht reden kannst... oder anderweitig reagieren kannst.<<

Ich wusste nicht, ob er nicht reden wollte oder es nicht konnte. Diese Frage hatte ich noch nicht zu einhundert Prozent geklärt. Ich tendierte dazu, dass er es nicht konnte und es eine reine Kopfsache war. Vermutlich wollte er reden, rausschreien, was passiert war.

Ich konnte mir vorstellen, dass er seine Gedanken in seiner Zeichnung ausdrücken wollte. Entweder, weil er nicht reden konnte oder nicht wusste, wie er es formulieren sollte. Vielleicht hatte er Angst, er würde falsch verstanden werden, am besten noch von diesen dummen Schwestern in dieser Klinik. Also hatte er gezeichnet. Und dann kam es wahrscheinlich nur so aus ihm heraus. Er konnte seine Emotionen nicht mehr kontrollieren und hat deshalb alles, was er fühlte, aus sich herausgeschrien.

Das war ein Tipp, den ich vielen meiner Patienten an die Hand gab. Wenn man nicht wusste, was man fühlte, oder es zu viele Gefühle waren, die man nicht ausdrücken konnte, musste man manchmal einfach alles herausschreien, was sich über die Zeit angesammelt hatte.

Vermutlich war genau das bei Liam geschehen. Liams blonde Haare hingen über seinem Auge und trotzdem konnte ich sehen, wie sich auf einmal eine tiefe Trauer in diesen abbildete.

Ich hatte einen Nerv getroffen. Er konnte nicht reden, er konnte nicht reagieren. Er wollte, aber er konnte nicht. Ich fühlte mich bestätigt und plötzlich wieder voller Hoffnung. Was auch immer sie mit ihm gemacht hatten, solange ich sein Psychiater war, würde alles wieder gut werden.

>>Die haben mir erzählt, dass du etwas gezeichnet hast. Ich denke, du wolltest damit deine Gefühle ausdrücken.<<

Ich machte eine kurze Pause und entschied mich dazu ihm näher zu erklären, welches Bild sich derzeit in meinen Gedanken abbildete.

>>Ich denke, du möchtest mir sagen, was passiert ist und wie du dich fühlst, aber etwas hält dich auf. Und das ist nicht schlimm. Du wolltest mir mit der Zeichnung bestimmt sagen, was du nicht aussprechen kannst, richtig?<<

Ich wusste, dass keine Reaktion kommen würde, also sprach ich nach einer kurzen Pause weiter.

>>Es war gut, dass du einen Weg gefunden hast mit mir zu kommunizieren und, dass du deinen Gefühlen freien Lauf gelassen hast. Ich bin stolz auf dich.<<

Ich hoffte, ich könnte mir sein Vertrauen noch mehr gewinnen, indem ich ihm positive Dinge sagte.

Gleichzeitig war es aber auch die Wahrheit. Ich war sehr froh darüber, dass er ein Zeichen von sich gegeben hatte. Er wollte gehört und gesehen werde, er wollte meine Hilfe und die sollte er auch haben.

>>Darf ich mir deine Zeichnung anschauen?<<

Diesmal hoffte ich auf eine Reaktion. Ich wollte sein Vertrauen haben und deshalb wollte ich nicht auf seine Zeichnung schauen, ohne eine Zustimmung zu haben. Ich wusste nicht, ob ich damit in seine Privatsphäre eindringen würde oder ob die Zeichnung für mich bestimmt war. Ich hatte ehrlich gesagt Angst davor einen Fehler zu machen und doch war ich sehr entschlossen darüber, dass ich mir die Zeichnung ‚heimlich' anschauen würde.

>>Es ist okay. Ich muss das nicht sofort machen.<<

Wieder sah ich ein kurzes Zucken. Diesmal in seiner linken Schulter. Ich sah es als Zeichen dafür, dass ich es mir ein anderes Mal anschauen würde, wusste jedoch, dass ich es noch diese Nacht tun würde.

Ich schob meine Brille ein Stück nach oben und stand auf.

>>Es ist immer wieder schön hier bei dir zu sein, Liam. Wir sehen uns morgen?<<

Ich setzte behutsam einen Schritt vor den anderen und klopfte vorsichtig an die Tür. Nicolai ließ mich wieder nach draußen und ich lief zum Büro von Frau Maier. Ich klopfte an die Tür und wurde von ihr hereingelassen.

Noch in der Türschwelle gelang es mir nicht mehr zu schweigen.

>>Ich brauche sofort die Aufnahmen der Kamera der letzten Tage. Und zwar alle.<<

Frau Maier schaute mich mit einem überraschten Blick an.

Ich wusste, dass sie darüber nachdachte, ob sie es wirklich tun sollte und ich hoffte innerlich, dass sie einfach einwilligte. Sie war nicht dazu gezwungen mir das Material zu geben und ich wusste nicht sicher, ob sie das auch wusste.

Ich wusste nur, dass ich die Aufnahmen dringend brauchte. Ich denke, das wusste Frau Maier auch, also atmete sie tief ein und aus und nickte mir zu. Dann lief sie an mir vorbei, aus der Tür hinaus und ich folgte ihr.

Sie brachte mich in einen kleinen, dunklen Raum mit einigen Therapeuten und Schwestern, die auf Monitore starrten, und schloss die Tür hinter sich. Alle Blicke waren auf mich gerichtet und ich merkte, dass ich um ein kleines Stück nervöser wurde.

>>Guten Abend. Das ist Herr Morel – Liams Psychiater.<<

Sie ging zu einer großen, schlanken Brünette hinüber und gab den anderen ein Handzeichen, dass sie weiterarbeiten sollten.

>>Herr Morel braucht alle Aufnahmen aus Liams Raum. Bitte geben Sie ihm das Material des letzten Monats mit.<<

Sie schaute zu mir herüber, als würde sie auf eine Bestätigung warten. Ich nickte ihr zu und bedankte mich.

Während die Frau die Aufnahmen heraussuchte und auf einen USB-Stick übertrug, ließ ich meinen Blick unauffällig durch den Raum schweifen. Auf dieser Station war Sicherheit besonders wichtig und deshalb gab es auch besonders viele Überwachungskameras. Die Monitore wurden ständig überwacht, auf einigen wurden alte Aufnahmen von Psychiatern ausgewertet oder Dokumente geändert.

Es kam mir vor, als würde ich einem Geheimbunker voller Detektive sitzen, die Überwachungskameras des ganzen Landes auswerteten.

Ich fühlte mich nicht wohl an diesem Ort.

Wer wusste schon, was einige Menschen mit all diesen Aufnahmen und Informationen anstellen konnten. Wer wusste, welches Material es hier von mir gab und wer darauf zugreifen konnte. Je mehr Zeit ich in diesem Raum verbrachte, desto mehr wurde mir bewusst, dass ich nicht hierhergehörte und ich hoffte, dass ich schnell wieder nach Hause konnte.

>>Herr Morel?<<

Die Frau drückte mir einen USB-Stick in die eine Hand und ein Formular über Datenschutz und Sicherheit in die andere. Ich steckte den USB-Stick in meine Tasche und kramte nach einem Kuli, um das Formular auszufüllen.

Jetzt konnte ich nur noch hoffen, dass mir das Material weiterhalf und sich dieser Stress gelohnt hatte.

>>Gibt es Aufnahmen von der Zeichnung?<<

Ich fragte in die Richtung von Frau Maier, die mich immer noch beobachtete.

Sie nickte der Frau wieder zu, die mir sofort zwei Dokumente ausdruckte, auf denen ich die Zeichnung gut erkennen konnte. Ich steckte sie ebenfalls in meine Tasche und bedankte mich.

Als Frau Maier mit mir den Raum verließ, fühlte ich mich erleichtert, jedoch immer noch unwohl, weil ich nun wusste, wie viele Menschen mich gerade beobachten konnten.

>>Ich hoffe die Materialien helfen Ihnen weiter Herr Morel. Vielen Dank, dass sie gekommen sind. Ich wünsche Ihnen einen schönen Abend. Bis morgen.<<

Ohne, dass ich antworten konnte, drehte sie sich um und verschwand in ihrem Büro. Sie hatte scheinbar plötzlich keinen Redebedarf mehr und hatte sich komplett von ihrem Schock von vorhin erholt.

Ich zog mein Jackett ein Stück zu und lief in Richtung Ausgang.

Die Autofahrt war sehr still. Ich verschwand in meinen Gedanken bei Celeste, weil sie meine einzige Möglichkeit war ein bisschen Ablenkung zu finden. Ich wusste, dass Finn und Mary schon schlafen würden, also fuhr ich direkt nach Hause.

Ich füllte mir ein kleines Glas mit dem gekühlten Whisky, den mir ein guter Bekannter zu meinem Geburtstag geschenkt hatte, und ließ mich in das weiche Sofa fallen.

Endlich wieder zu Hause.

Ich ließ den Whisky meinen Rachen hinuntergleiten, lehnte mich nach hinten und schloss für einen Moment meine Augen. Ich genoss diesen kurzen Augenblick der Ruhe, denn ich wusste, dass gleich ein neuer Sturm kommen würde.

In Gedanken lag Celeste wieder neben mir.

Wir schauten uns irgendeine komische Fernsehsendung an, aber eigentlich waren wir nur mit uns beschäftigt. Wir erzählten uns über unseren Tag und unsere Träume und dann küssten wir uns; ganz zärtlich, Lippe auf Lippe. Ich spürte ihren Atem an meinem Hals, roch ihren blumigen Duft und spürte ihre langen Haare auf meinem Arm liegen. Ihre weichen Lippen berührten meine und ich fühlte mich geborgen und sicher in ihren Armen.

Ich wollte mich nicht in meinen Gedanken verlieren, doch merkte, wie sie mich wie ein warmer, leichter Sommerwind umhüllten und mich mit sich zogen.

Ich wollte bei ihr bleiben; am liebsten für immer. Ich wollte mit ihr gehen und mich von meinen Gedanken entführen lassen, doch ich wusste, dass ich es nicht konnte.

Und dann öffnete ich die Augen und war wieder in der Gegenwart angekommen. Ich war wieder alleine, im Dunkeln, auf meiner Couch und starrte auf den ausgeschalteten Fernseher.

Ich atmete tief ein und aus. Ich hatte einen Job zu erledigen, also worauf wartete ich?

Ich schaltete den Laptop ein und steckte den USB-Stick ein. Ich schaute mir eine Aufnahme nach der anderen an und beobachtete Liam beim Schlafen, Essen und an die Wand starren. Zwischendurch gab es noch Zeiten, in denen er für 5 Minuten nicht zu sehen war. Das waren die vorgeschriebenen Badzeiten, in denen er duschte und auf die Toilette ging.

Mehr passierte nicht.

Ich konnte einige Schwestern beobachten, die verzweifelt versuchten mit ihm zu reden und auch Frau Maier und andere Psychiater, die sich große Mühe machten, doch alle erfolglos wieder den Raum verließen.

Je mehr Aufnahmen ich mir anschaute, desto mehr wurde mir klar, warum es ihm schlechter ging: Alle redeten auf ihn ein, alle wollten ihn zum Reden zwingen, alle drängten ihn in eine Ecke. Ich wollte mich nicht besser reden, als ich es war, aber ich fühlte mich so, als wäre ich die einzige Hoffnung für diesen Jungen. Während ich zuvor noch fast jede Hoffnung aufgegeben hatte, fühlte ich mich nun entschlossener denn je, dass ich ihm helfen würde – und zwar nur ich.

Ich fand einen Clip, indem Liam 15 Minuten lang in seinem Zimmer auf und ab ging und gerade als man vorsichtig hören konnte, wie er anfing eine Melodie zu summen, kamen Krankenschwestern in sein Zimmer gestürmt, redeten auf ihn ein und er fiel in sein altes Verhalten zurück.

Es war also kein Wunder: Jedes Mal, wenn sich etwas bei ihm tat, kam wieder jemand in sein Zimmer und redete endlos auf ihn ein.

Ich persönlich würde ihn einfach machen lassen.

Wer weiß, wo wir jetzt schon stehen würden, wenn die Schwestern und Psychiater in der Klinik mich einfach meinen Job machen lassen würden und nicht andauernd dazwischen gehen würden.

Dasselbe war mir schon mit einigen meiner ehemaligen Patienten passiert. Gerade als es in der Therapie richtig vorwärtsging, kamen irgendwelche Menschen aus der alltäglichen Umgebung dazwischen, die sich für die besten Psychologen hielten und zerstörten den kompletten Heilungsprozess.

Menschen sollten anfangen zu lernen, dass man sich niemals in die Therapie eines anderen Psychologen stellen sollte. Jeder kann jedem Tipps geben und es ist auch gut und schön, wenn Menschen helfen wollen, aber mein Patient ist nicht aus Spaß *mein* Patient und das musste ich den Leuten in der Klinik dringend noch einmal verständlich machen.

Nachdem ich keine weiteren Auffälligkeiten finden konnte, schaltete ich den Laptop aus und widmete mich der Zeichnung.

Es war nicht leicht genau das zu erkennen, was auf der Zeichnung erkannt werden sollte. Das Metall glänzte und es war daher unmöglich jede einzelne Linie auf dem Bild erfassen zu können. Das war jedoch gar nicht nötig. Die vielen, groben Linien reichten aus, um mir ein erstes Bild vor Augen zu führen.

Man konnte unten rechts eine Person sehen, die mit angewinkelten Armen und den Kopf in den Händen in der Ecke saß. Ich erkannte darin Liam.

Hinter Liam war eine Wand eingeritzt, die sich nach oben über das ganze Bild zog. Aus der breiten Tür, die weiter links in der Zeichnung war, konnte man nach draußen schauen, vermutlich in einen Flur.

Im Flur, also links oben in der Ecke, standen zwei große, breite Männer, die einen Körper aus dem Zimmer zogen. Unter dem Körper waren mehrere Streifen geritzt, vermutlich Blut, dass auf dem Boden verteilt wurde.

Ich konnte schon mit dem ersten Blick erkennen, dass es sich um den Tag handelte, an dem Liams Familie entführt wurde.

Das war für mich der Beweis, dass es nicht Liam gewesen war, der seiner Familie etwas angetan hatte, sondern diese Männer im Hintergrund. Doch wer waren sie?

Ich hoffte auf irgendeine Spur, einen Hinweis, der mich weiterbrachte. Ich nahm mein Whiskyglas vom

Tisch, trank einen Schluck und stellte es vorsichtig wieder zur Seite.

>>Ich habe irgendetwas übersehen.<<

Ich schaute nochmal auf das Bild und auf das Bild aus einer anderen Perspektive und noch einer anderen Perspektive.

Ich schaltete das große Licht über der Couch ein und ließ meinen Körper wieder in den weichen Stoff sinken. Diesmal schaute ich genauer auf die beiden Männer und auf einmal funkelte mir etwas entgegen. Da war etwas in der Schulter des rechten Mannes eingeritzt, doch mit dem bloßen Auge war es für mich nicht zu erkennen. Meine Augen waren eben auch nicht mehr die Jüngsten.

Sofort sprang ich auf und kramte in einer der Schubladen unter dem Fernseher. Ich zog eine Lupe heraus, die Finn vor einigen Jahren von einem Kindergeburtstag mitgebracht hatte.

Sie hatten damals Detektive gespielt und die Lupe war ein Mitbringsel, dass er mir voller Freude und Stolz präsentiert hatte. Er hatte mir versprochen, dass ich es auch benutzen dürfte, wenn ich mal ein Detektiv sein wollte und genau jetzt war der richtige Zeitpunkt dafür.

Ich kniete mich vor das Sofa, auf dem die Bilder lagen und schaute durch die Lupe. Auf der Schulter war eine Art Stern zu sehen.

Vermutlich ein Tattoo.

Und als ich genauer hinsah durchflutete mich eine negative Energie. Sie zog sich von meinen Füßen bis hin in die hintersten Ecken meines Gehirns. Ich spürte, wie plötzlich alles in mir kribbelte, wie ich begann zu zittern und es mich wie ein Blitz durchzog – so unvorhersehbar und schnell.

Es fühlte sich an wie eine Welle, die sich über mir erhob, zusammenbrach und alles mit sich riss, was sich nicht halten konnte.

Mir wurde schwindelig; ich bekam plötzlich keine Luft mehr.

Es fühlte sich an wie ersticken.

Mein Herz begann zu rasen und ich rang verzweifelt nach frischer Luft. Ich hielt mich an der Couch fest und griff die Lupe fest mit meiner Hand. Ich hatte nichts, an dem ich mich festhalten konnte; nichts und niemanden, der mich rettete.

Und dann wurde mir schwarz vor Augen. Ich spürte, wie ich den letzten Halt verlor. Der Fall fühlte sich wie eine Ewigkeit an, als würde ich viele Tausende Meter in den Erdboden fallen.

Es fühlte sich an, als hätte ich die Kontrolle über alles verloren. Ich fühlte den weichen Boden, auf dem ich aufkam, wie er mich aufnahm; fast schon einsog. Ich spürte, wie meine Lunge nach Luft rang, sich meine Kehle zuschnürte und mein Herz weiterhin unfassbar schnell raste. Ich spürte meinen trockenen Mund und wie ich nicht mehr in der Lage war zu sehen, mich zu bewegen, zu sprechen oder etwas zu hören. Ich ließ los und blieb liegen, bis meine Gedanken plötzlich schwarz wurden.

07:11 Uhr - 30.05.

Ich bog nach rechts in die kleine Straße ein, die durch die Wohnblöcke hindurchführte und parkte wieder auf einem der freien Parkplätze direkt am Hauseingang.

Ich wusste, dass Finn bei Mary in guten Händen war und sie einen schönen, sonnigen Tag im Stadtbad verbringen würden. Ich hatte ihnen erklärt, dass ich mich weiterhin um den Notfall kümmern musste und Sachen für Finn vorbeigebracht, damit er auch heute und vielleicht sogar noch morgen bei Mary übernachten konnte.

Sonst wusste niemand, dass ich jetzt hier sein würde, nicht einmal Luna Henning selber wusste von meinem kurzfristigen, spontanen Besuch.

Ich fühlte mich schlecht dafür, dass ich sie jetzt wahrscheinlich aus dem Schlaf reißen würde. Andererseits konnte ich mir auch gut vorstellen, dass sie Probleme beim Ein- und Durchschlafen hatte, seitdem ihre Familie spurlos verschwunden war.

Vielleicht hatte sie auch oft Alpträume und wachte jede Nacht schweißgebadet auf. Mit diesen Gedanken konnte ich mein Gewissen ein wenig beruhigen.

Ich selber hatte diese Nacht nur 3 Stunden geschlafen; oder wohl eher lag ich bewusstlos auf dem Wohnzimmer-teppich und hatte mich von meinem Schock   erholt.

Als ich endlich meine Augen öffnete, schienen bereits die ersten Sonnenstrahlen durch die Fenster. Ich war aufgestanden, hatte zuerst einen Schluck aus dem Whiskyglas genommen und mir dann ein belegtes

Brötchen gemacht, damit ich nicht mit leerem Magen aus dem Haus ging. Nach einer langen, heißen Dusche hatte ich mir frische Sachen aus dem Schrank genommen und mich auf den schnellsten Weg zu Luna gemacht.

Der Drang für Ordnung zu sorgen und die Wahrheit herauszufinden war stärker als je zuvor. Ich wollte um jeden Preis Antworten auf meine Fragen finden.

Gleichzeitig musste ich mich jetzt um sich selber sorgen. Ich musste aufpassen, dass ich keine Flashbacks bekam oder in alte Verhaltensmuster zurückfiel. So viele Menschen zählten auf mich; meine Arbeit war von größter Bedeutung, also durfte ich jetzt auf keinen Fall nachlassen.

Ich stellte den Wagen ab und beobachtete eine kleine Familie auf dem Spielplatz. Zwei kleine Jungen spielten auf dem Klettergerüst, rannten die Treppen hinauf, über die Hängebrücke und rutschten die bunte Rutsche hinunter. Sie lachten laut und ich konnte hören, wie sie darüber fantasierten, dass Dinosaurier sie auf dem Spielplatz verfolgen würden.

Noch vor kurzem war Liams Familie genauso glücklich gewesen. Sie hatten jedes Wochenende Familienausflüge gemacht, jeden Nachmittag gemeinsame Zeit im riesigen Garten verbracht und jeden Abend zusammen gekocht.

Viel zu unerwartet schlägt das Schicksal zu und nimmt uns das, was uns am liebsten ist.

Ich musste jetzt für Liam da sein, für seine Schwester, für seine (hoffentlich noch lebendige) Familie. Ich musste den Richtern und der Polizei

Informationen und Ergebnisse liefern. Ich musste bei vollem Bewusstsein sein und alles tun, nur nicht die Kontrolle verlieren.

Es war schwierig bei Sinnen zu bleiben, im hier und jetzt, in der Realität, zu sein. Alles um mich herum fühlte sich an wie in einem Film, so gespielt und wunderschön unecht. Ich selber fühlte mich, als würde ich neben meinem Körper stehen und von außen jede einzelne Bewegung beobachten.

Es war, als wäre mein ganzes Leben plötzlich nur noch eine Geschichte aus einem Buch und ich wäre die Hauptfigur. Meine Gedanken druckten sich schwarz auf weiß auf dutzenden Seiten ab. All meine Handlungen und meine Fehler.

Ich nahm die Tasche vom Beifahrersitz und stieg aus. Die frische Luft durchdrang meine Lunge und ich fühlte mich wieder ein Stück mehr lebendig.

Die ganze Nacht über hatte es geregnet, also stieg mir ein frischer, blumiger und verregneter Duft in die Nase. Es roch nach nassem Gras und als ich meine Augen schloss, sah ich deutlich den nassen Asphalt vor mir, auf dem die aufgehende Sonne schimmerte.

All meine Sinne wurden beansprucht und ich wusste, dass ich wirklich lebte. Ich war wirklich hier.

Heute war ein schöner Tag – und doch ein so grausamer Tag zugleich. Ich wusste die Wahrheit nicht, aber ich wusste so viel mehr als vorher und allem voran wusste ich nur Schlechtes. Es gab keinen einzigen guten Punkt an dem, was ich auf der Zeichnung gesehen hatte, außer dem Beweis für Liams Unschuld.

Ich fühlte, wie mein Herz begann schneller zu schlagen, wie mir langsam schwindelig und schwarz vor Augen wurde. Ich merkte, wie sich eine Panikattacke anbahnte und gab mir die größte Mühe nicht nachzugeben. Ich lenkte mich ab, indem ich zur Tür lief und auf das Klingelschild von Luna und ihren WG-Mitbewohnern drückte.

Ich durfte jetzt keine Panikattacke bekommen. Wie unprofessionell würde das denn aussehen? Ich atmete tief ein und aus, lenkte meine Gedanken auf die glänzende Sonne und den Geruch nach nassem Gras und schloss die Augen.

>>Guten Morgen?<<

Eine muntere, fröhliche und aufgeweckte Luna erklang aus der Sprechanlage. Ich hatte sie also, zu meinem Vorteil, nicht aus dem Schlaf gerissen. Mein Gewissen war erleichtert und die erste Last fiel von meinen Schultern.

Ich war hierhergefahren, hatte geklingelt und jetzt würde ich sie begrüßen. Der erste Schritt war getan.

Ich musste jetzt genau so handeln, wie ich es meinen Patienten immer beibrachte. Selbsttherapie war eine der schönsten Geschenke, die man sich machen konnte, wenn man das psychologische Wissen dazu hatte.

>>Guten Morgen Frau Henning. Hier ist Herr Morel, Liams Psychiater. Kann ich Sie sprechen?<<

Es kam eine kurze Pause und ich wusste, dass sie über mein plötzliches Auftauchen vor ihrer Haustür überrascht war.

>>Ja, natürlich. Kommen Sie herein.<<

Ein lautes Summen ertönte und ich lehnte mich gegen die Tür. Wieder schleppte ich mich die Treppen bis ins Dachgeschoss hoch. Wieder merkte ich, wie die Beine, die meinen Körper mühsam nach oben trugen, begannen nachzulassen; merkte, wie ich von Treppenstufe zu Treppenstufe immer schwächer und müder wurde.

Also versuchte ich mich abzulenken und auf das Positive und Schöne zu schauen. Im Treppenhaus roch es nach frischem Kaffee und warmen Brötchen und die Sonne glänzte durch die kleinen Fenster.

Meine Hände umfassten das schwarze Gummi auf dem Metallgeländer und ich versuchte mich daran hochzuziehen. Wieder drifteten meine Gedanken ab. Jeder Schritt fühlte sich unendlich schwer an, als müsste ich kraftvoll gegen die Schwerkraft ankämpfen – für Liam und seine Familie, für die Gerechtigkeit.

Ich weiß nicht, wann sich dieser Gedanke nach notwendiger Gerechtigkeit in meinem Kopf manifestiert hatte, doch es musste an einem Ereignis gelegen haben, dass sehr weit zurücklag in meinem Leben. Vermutlich war es schon etwas in meiner frühen Kindheit gewesen.

Ich weiß nicht wann, wo und warum, aber irgendwann hatte ich mir als einziges Lebensziel gesetzt für ‚Gerechtigkeit‘ zu sorgen, als ich wahrscheinlich noch nicht einmal wusste, was genau diese ‚Gerechtigkeit‘ eigentlich war.

Vielleicht war ich deshalb auch Psychologe geworden. Ich hatte einen Weg gefunden für Gerechtigkeit zu sorgen, indem ich Menschen half, die aufgrund anderer Menschen, unserer *wunderschönen* Gesellschaft meine Hilfe brauchten. Ich half denen, die sich selber nicht mehr helfen konnten.

Ich half sowohl den Menschen, die einfach genetisch dazu veranlagt waren schnell in Depressionen zu verfallen, als auch denen, bei denen einfach eines Tages das Fass zum Überlaufen gebracht wurde. Ich half den Unschuldigen dabei ihrer misslichen Lage zu entkommen und wieder ein vollwertiges Mitglied des Lebens zu werden, indem sie sich selber fanden und lernten sich selber zu lieben.

Das war wohl meine Bedeutung von ‚Gerechtigkeit‘. Das einzig gerechte war, den Menschen, die Hilfe brauchten, Hilfe zu geben.

Andererseits konnte ich mit meiner Arbeit aber auch dafür sorgen, dass *schlechte* Menschen ihre gerechte Strafe bekamen. Ich hatte es schon mehrmals geschafft Vergewaltiger, Kinderschänder und sogar Mörder in das Gefängnis zu befördern.

Manche meiner Patienten konnten Gerechtigkeit eben nur dann erreichen, wenn sie sich von schlechten Menschen trennten. Das konnte selbst die eigene Familie sein, von der man sich letztlich trennen musste, um endlich wieder glücklich zu sein.

Und indem ich jetzt die Wahrheit über Liams Familie herausfinden würde, würde ich ihm und seiner Familie helfen und die Verantwortlichen bestrafen – kurz: für Gerechtigkeit sorgen.

Eine lächelnde Luna Henning, die mir die Hand entgegenstreckte, brachte mich zurück in die Realität.

In ihrem Kopf überschlugen sich die Gedanken. Ich wollte mir gar nicht vorstellen, wie sie sich gerade fühlte. Der Psychiater ihres Bruders tauchte einfach so früh am Morgen vor ihrer Tür auf und das wahrscheinlich nicht nur zum fröhlichen Kaffeetrinken und Plaudern.

Sie hatte Angst vor schlechten Neuigkeiten. Sie sah nervös aus, schaute an mir herab und wieder hoch und sah mir direkt in die Augen.

Ihre Hände waren feucht und zitterten. Sie zog beide Mundwinkel nach oben und gab mir ein Zeichen, dass ich hereinkommen sollte.

Ich zog meine Schuhe aus und folgte ihr durch den, wie immer, sauberen und aufgeräumten Flur.

Eine ihrer Mitbewohnerinnen kam mir aus der Küche entgegen. Sie sah mich verwundert an und schob ihre kurzen, blonden Haare hinter ihre Ohren, um mich besser sehen zu können. Dann lächelte sie und begrüßte mich mit einem fröhlichen ‚Guten Morgen'. Dann verschwand sie sofort wieder in einem der Zimmer.

>>Setzen Sie sich.<<

Luna bot mir einen Platz am Esstisch an.

>>Wollen Sie einen Kaffee? Oder Wasser?<<

>>Nein danke. Ich werde nicht lange bleiben.<<

>>Oh, na gut.<<

Sie war immer noch sehr nervös und setzte sich mir gegenüber.

Ich beschloss mich dazu erst einmal die ganz klaren Fakten über die Situation zu erzählen.

>>Also Frau Henning. Ich wurde gestern Abend von der Psychiatrie ihres Bruders angerufen, aufgrund eines „Notfalls". ...<<

Ich verdeutlichte anhand der Anführungszeichen, die meine Finger zeigten, dass es kein wirklicher Notfall war, um Luna Henning ein Stück weit zu beruhigen.

>>...Liam hat eine Zeichnung in seine Metallwand geritzt und dann angefangen zu schreien. Als die Schwestern zu ihm kamen, sahen sie eine Träne auf seiner Wange.<<

Ich wartete kurz und gab Frau Henning somit genug Zeit, um die neuen Informationen zu verarbeiten. Dann fuhr ich fort.

>>Ich vermute, er brauchte ein Ventil, um seine aufgestauten Emotionen abzulassen. Ich war gestern bei ihm und auf mich machte er den Eindruck, als würde er gerne sprechen und seine Gefühle zeigen wollen, aber irgendetwas hält ihn zurück – <<

>>Was meinen Sie damit?<<

Frau Henning schaute mich verzweifelt an. Das erzwungene Lächeln aus ihrem Gesicht war verschwunden.

Sie wollte einfach nur, dass es ihrem Bruder schnell wieder besser ging und er der Welt endlich erzählte, was mit ihrer Familie passiert war.

>>Na ja. Es ist möglich, dass er aufgrund des Traumas nicht sprechen kann oder, dass er Angst hat etwas Falsches zu sagen oder zu den falschen Menschen zu sprechen. Er hat kein Vertrauen zu den Schwestern und Psychologen in der Psychiatrie und deshalb sagt er ihnen nicht, was passiert ist. Vielleicht

hat er auch Angst, dass sie das, was er sagt, falsch verstehen könnten. Er will einfach nur von den richtigen Menschen richtig verstanden werden.<<

Frau Henning nickte und wartete darauf, dass ich ihr noch etwas mitteilte.

>>Nun muss ich Sie um etwas bitten.<<

Ich nahm meine Aktentasche in die Hand und zog die Dokumente mit den Fotografien der Zeichnung heraus, legte sie auf den Tisch und schob sie zu Luna Henning.

Sie nahm die Blätter in die Hand und schaute sie sich an.

>>Ist das die Zeichnung von Liam?<<

Sie schaute mich fragend an.

>>Ja.<<

Ihr nachdenklicher Blick wanderte wieder auf die Blätter und sie zog eine Augenbraue nach oben. Ich wartete darauf, dass sie ihre Reaktion erklärte.

>>Sie müssen wissen, dass Liam künstlerisch sehr begabt ist. Es ist komisch für mich das zu sehen.<<

>>Sie meinen, weil es einfach auf eine Metallwand geritzt ist?<<

>>Ja, aber auch, weil es nur einfache Linien sind.<<

Sie machte eine Pause und schaute genauer auf die Zeichnung.

>>Liam liebte Details.<<

Sie schaute weiterhin nachdenklich und fragend auf die Bilder. Ihre Stimme klang auf einmal nicht mehr nervös und ängstlich, sondern ernst und besorgt.

>>Also ist diese Zeichnung sehr untypisch für Ihren Bruder?<<

>>Ja, sehr.<<

>>Was erkennen Sie darauf?<<

Ich beobachtete, wie ihre Augen die Zeichnung immer wieder überflogen und manchmal an einer Stelle hängen blieben. Sie schaute sich alles genau an und ließ sich Zeit für eine Antwort. Sie holte ihr Handy aus ihrer Hosentasche, legte die Blätter auf den Tisch und schaltete die Lupenfunktion und Taschenlampe ein. Nach einigen Sekunden holte sie Luft und versuchte ihre Gedanken in Worte zu fassen.

>>Nun ja. Ich würde sagen das ist Liam.<<

Sie zeigte auf die Person, die in der vorderen rechten Ecke zusammengekauert auf dem Boden saß.

Das war meine erste Bestätigung.

>>Er sitzt in einem Raum und kann in den Flur schauen. Dort sind zwei Männer, die jemanden mit sich ziehen.<<

Sie sprach langsam und mit vielen Pausen.

>>Und das dort könnte Blut sein.<<

Sie zeigte auf die Striche unter der Person, die weggezogen wird. Wieder eine Bestätigung.

>>Denken Sie, das ist...<<

Sie traute sich nicht es weiter auszusprechen und hoffte, ich würde antworten, auch ohne, dass sie die Frage fertig formulieren musste. Ich tat ihr den Gefallen, denn ich wusste genau, was sie meinte.

>>Vermutlich ja.<<

Sie hielt sich die Hand vor den Mund und versuchte langsam zu atmen.

>>Frau Henning ich muss Ihnen noch eine Frage stellen.<<

Sie schaute von den Blättern nach oben und nickte leicht.

>>Haben Sie Familie oder Verwandtschaft in Russland?<<

Sie riss die Augen auf und schaute mich mit einem überraschten Blick an.

>>Russland? Nein.<<

Ich wusste, dass sie neugierig war und wissen wollte, wie ich auf Russland kam, doch sie würde sich nicht trauen zu fragen und ich würde ihr weitere Informationen nicht einfach so geben.

>>Hatte Liam Freunde in Russland? Vielleicht über das Internet?<<

Luna Henning dachte kurz nach und schaute dabei auf die Lampe, die über uns hing.

>>Ich bin mir nicht ganz sicher. Er hatte zwar Internetfreundschaften, aber ich glaube nicht in Russland. Ich weiß nur von Freunden in anderen Ländern.<<

>>Wo hat er diese Freunde kennengelernt?<<

>>Er hat oft bis tief in die Nacht auf seiner Spielekonsole mit seinen Freunden gespielt. Da war er oft in Chats mit Menschen aus allen möglichen Ländern und sie haben sich dann meistens auf Englisch unterhalten.<<

Ich nickte und steckte die zwei Blätter wieder in meine Tasche.

>>Ich danke Ihnen vielmals Frau Henning und ich hoffe, dass mein plötzliches Erscheinen keine Umstände gemacht hat.<<

Ich lächelte, stand auf und ging langsam zur Tür. Nachdem ich mir die Schuhe angezogen hatte, streckte ich ihr meine Hand entgegen.

>>Ich melde mich, wenn ich Neuigkeiten habe. Machen Sie sich nicht allzu viele Sorgen, Ihr Bruder ist bei mir in guten Händen. Ich habe es mir als Ziel gesetzt Ihre Familie zu finden und ich werde Sie nicht enttäuschen.<<

Sie nickte, immer noch sichtlich durcheinander und verabschiedete sich von mir. Dann verschwand sie wieder in ihrer Wohnung und ich stieg kurz darauf in mein Auto ein.

Eigentlich hatte ich schon vorher gewusst, dass sie mir vermutlich nicht weiterhelfen könnte, aber der Versuch war es wert. Jede Fahrt, jeder Schritt zu viel war es wert.

Ich weiß nicht warum, aber ich schloss die Theorie sofort aus, dass es sich um einen falschen Internetfreund hielt. Natürlich gaben sich auch viele Erwachsene, vorrangig Pädophile, im Internet als Kinder aus, um ein neues Opfer zu finden. Aber meine innere Stimme sagte mir, dass das hier nicht der Fall war. Und außerdem war da immer noch dieses Symbol auf der Schulter des eines Mannes, das mir ganz genau zeigte, dass hinter dem ganzen etwas Größeres stecken musste.

Als ich das Haus verließ, zeigte mein Thermometer 20°C an. Ich hatte mir ein einfaches, weißes Hemd mit einer langen, blauen Jeans angezogen und war in meine schwarzen Turnschuhe geschlüpft.

Ich verließ das Haus fast pünktlich und stieg in mein Auto.

Ich wusste nicht, was überhaupt mein Plan war.

Auf dem Weg zur Klinik versuchte ich mir einen klaren Kopf zu schaffen.

Ich dachte daran, wie ich mit Celeste in meinen Armen auf einen Sonnenuntergang am Meer schaute. Ich stellte mir ihren Duft vor, ihre langen, blonden Haare, die im leichten Wind wehten, und ihre funkelnden Augen, mit denen sie mich verliebt ansah. Ich stellte mir ihre gebräunte, glänzende Haut vor und das Gefühl des weichen Sandes unter unseren Füßen. Ich stellte mir vor, wie sich unsere Lippen zärtlich berührten. Ich stellte mir ihr wundervolles Lachen vor. Ich stellte mir vor, wie ich ihre Hand hielt und wir zusammen ins Wasser gingen. Das kühle Salzwasser berührte unsere Haut. Ich wollte wieder zurück zu diesem Moment, an diesem Ort, mit der besten Person in meinem ganzen Leben.

Ich fuhr in die Auffahrt zur Klinik und kam zurück aus meinen Gedanken in die Realität. Die Realität war grau und kalt und am liebsten hätte ich mich davor versteckt, doch ich wusste, dass ich der Realität nicht entkommen könnte.

Diesmal parkte ich mein Auto in der letzten Ecke des Parkplatzes. Ich stieg aus und atmete die warme und inzwischen schwüle Luft ein. Der Boden unter mir war noch feucht und von den Blättern der Bäume tropften vereinzelt noch Wassertropfen herunter. Ich liebte diese wunderschönen, warmen und verregneten Sommertage, deshalb hatte ich eine, zumindest der Situation entsprechend, positive Grundstimmung.

Am Eingang wurde ich wieder von Frau Maier empfangen. Sie setzte ein großes Lächeln auf und begrüßte mich mit einer munteren und fröhlichen Stimme.

>>Guten Tag Herr Morel. Ich hoffe, Sie hatten eine erholsame Nacht.<<

Ich schaute sie ungläubig an und schüttelte vorsichtig meinen Kopf. Nein, tatsächlich war meine Nacht alles andere als erholsam gewesen.

>>Na ja, erholsam ist vielleicht nicht der richtige Ausdruck.<<

Ich wollte keine langweiligen Gespräche über mein Leben führen und außerdem auch vor meiner Vergangenheit fliehen, also schlich ich mich an ihr vorbei und sie folgte mir in Richtung Liams Station.

>>Wie geht es Liam?<<

Ich hatte das Gefühl, dass ich mich mit jedem einzelnen Wort selber verriet. Doch was sollte mich verraten? Niemand wusste es und niemand hier würde es jemals erfahren. Niemand hier hatte auch nur die leiseste Ahnung, also worum machte ich mir Sorgen?

>>So wie immer Herr Morel. Er sitzt auf seinem Bett und starrt die Wand an. Ich bin mir nicht einmal sicher, ob er überhaupt Gefühle empfindet.<<

Ich ignorierte diesen Satz. Ich wusste ganz genau, dass er etwas fühlte und, dass sie es nicht wusste, zeigte nur noch einmal, dass sie noch unerfahren war.

>>Haben Sie ihn die ganze Nacht beobachtet?<<

Ich wollte nicht glauben, dass es keine Neuigkeiten für mich gab.

>>Ja, es gab nichts Erwähnenswertes.<<

>>Wir müssen dringend ernsthaft sprechen Frau Maier.<<

Ich merkte, wie Frau Maier, die neben mir lief, nervös wurde und ihre Schritte schwerer. Sie hatte Angst, Liam als Patienten zu verlieren oder von mir eine schlechte ‚Bewertung' zu erhalten. Sie wollte einen guten Job machen und anerkannt werden.

>>Ich verlange, dass ab sofort erst nach meiner Erlaubnis gefragt wird, bevor irgendwelche Entscheidungen in Bezug auf Liam getroffen werden. Sollte Liam noch einmal einen Zusammenbruch haben und schreien, möchte ich, dass Sie ihn in Ruhe lassen. Sie stören meine Arbeit, wenn andauernd Schwestern und Psychologen dazwischengehen. Ich hoffe, das ist Ihnen bewusst. Sollten Sie weiterhin aus eigener Hand unverantwortliche Entscheidungen über meinen Patienten treffen, wird das Konsequenzen haben.<<

Ich schaute die ganze Zeit geradeaus, um die Ernsthaftigkeit und Bedeutung meiner Worte zu verstärken. Frau Maier war scheinbar etwas überrascht über meine Worte, da es einen Moment brauchte, bis sie eine Antwort von sich gab. Sie zweifelte jetzt so sehr an ihrer Arbeit wie noch nie zuvor. Irgendwie tat es mir leid, dass ich so *böse* zu ihr gesprochen hatte, aber nur so konnte ich sicherstellen, dass sie es wirklich ernst nehmen würde.

>>Natürlich Herr Morel.<<

Ich nickte zufrieden und wir betraten gemeinsam die Station.

Heute bekam ich einen anderen Wächter zu Gesicht. Ich wusste nicht wie er hieß, aber er war genauso groß, breit und muskulös gebaut wie Nicolai und gewann mit seinem ernsthaften Blick ebenfalls mein Vertrauen.

Frau Maier erklärte ihm, wer ich war und er öffnete die Tür für mich.

Ich betrat den kalten und dunklen Raum und sah, wie Liam auf dem Stuhl saß, auf den ich mich immer setzte. Es verwirrte mich, dass er nicht auf seinem Bett saß und ich fragte mich, ob er sich mit Absicht auf den Stuhl gesetzt hatte. Er wusste, dass ich wiederkommen würde, also vielleicht wollte er, dass ich mich nicht dort hinsetzte.

Vielleicht wollte er nicht, dass ich ihn besuchte.

>>Hallo Liam.<<

Es kam, wie zu erwarten, keine Reaktion.

>>Darf ich mich auf dein Bett setzen?<<

Zu meinem Erstaunen konnte ich ein leichtes Nicken erkennen. Wäre ich nicht hier, um auf alle möglichen, noch so kleinen Reaktionen zu achten, die von ihm kommen würden, wäre mir das Nicken niemals aufgefallen. Ich war dankbar für diese kleine Reaktion und setzte mich vorsichtig auf die Bettkante ihm gegenüber.

Jetzt schaute ich direkt auf die Zeichnung über Liam. Vielleicht war auch das sein Vorhaben gewesen: Ich sollte die Zeichnung sehen.

>>Ich soll mir die Zeichnung anschauen?<<

Diesmal kam keine Antwort und doch sagte mir etwas, dass er es wollte. Ich schaute auf die Zeichnung und erkannte wieder Liam, der alleine in einem Raum saß. Wieder erkannte ich die beiden Männer, die jemanden mit sich zogen. Ich erkannte das Blut auf dem Boden und diesmal erkannte ich auch das Zeichen auf der Schulter viel schneller, auch, wenn ich es nur als kleinen Punkt sah.

Ich wusste nicht, was ich sagen sollte. Ich wollte ihn unbedingt auf das Zeichen ansprechen, doch ich wusste nicht wie. Ich hatte Angst vor seiner Reaktion. Ich wollte einen Zusammenbruch um jeden Preis vermeiden und deshalb musste ich meine Worte klug wählen.

Ich schaute ihm direkt in die Augen, doch er starrte vor sich auf den Boden. Seine Haare hingen wieder vor seinem Gesicht, er saß breitbeinig und ein wenig nach vorne geknickt. Er hatte seine Arme auf seinen Beinen abgelegt und die Hände zusammengefaltet zwischen seinen Beinen baumeln.

>>Es geht um Russland, nicht wahr?<<

Obwohl ich einen Zusammenbruch vermeiden wollte, platzte es nur so aus mir heraus. Ich musste endlich die Wahrheit erfahren, ich war nicht mehr in der Lage vorsichtig und sacht mit ihm zu reden.

Ich sah, wie er seine Lippen zusammenpresste und rechts Richtung Fenster schaute. Ich hatte das Gefühl, als wollte er es endlich rausschreien, aber es ging nicht. Er hatte gerade so viel Reaktion gezeigt wie noch nie zuvor. Er saß viel lockerer und offener vor mir; er vertraute mir.

Allgemein war ich erst einmal froh darüber, dass er so viel Vertrauen mir gegenüber hatte, dass ich die Zeichnung betrachten durfte – oder zumindest sagte er nichts dagegen. Es war für mich das Zeichen, dass er in mir eine Vertrauensperson sah und das war für mich sehr viel wert. Ich war froh darüber, dass ich zumindest diesen Teil meines Jobs geschafft hatte.

Meine Hoffnung war größer als je zuvor. Ich würde ihm helfen, ich würde seine Familie finden, ich würde die Richtigen bestrafen.

>>Hattest du Freunde in Russland?<<

Keine Reaktion.

>>Oder Bekannte?<<

Keine Reaktion.

>>Du weißt, was das Zeichen bedeutet?<<

Ein leichtes Nicken, wieder kaum zu erkennen, aber genug für mich, um eine Antwort zu haben.

>>Ich reise nach Russland.<<

Und jetzt passierte das Unglaubliche, das fast schon Unmögliche. Liam bewegte seinen Kopf zu mir, presste seine Lippen zusammen und schaute mir direkt in die Augen. Durch die Haare, die vor seinem Gesicht hingen, konnte ich den Blick nicht wirklich deuten, aber trotz allem durchdrang mich sein direkter Blick und ließ mir einen kleinen Schauer über den Rücken laufen.

Ich wusste nicht, was er davon hielt. Ich wusste nicht, ob er glücklich darüber war, dass ich seine Familie finden wollte, ob er Angst hatte oder etwas anderes verspürte.

Ich hatte das Gefühl, dass ich der Wahrheit noch nicht ganz auf der Spur war.

In meinen Gedanken kannte Liam jemanden, der für all das verantwortlich war und Liam tat es leid und er wollte seine Familie zurück. Aber irgendetwas in mir sagte mir, dass das nicht die Wahrheit war. Es war die Wahrheit, die ich mir wünschte, aber nicht die, die ich bekommen würde.

Was auch immer Liam mir verschwieg, ich würde es wohl oder übel schon sehr bald erfahren.

Liam schaute nach einigen Sekunden wieder zu Boden und entspannte sein Gesicht.

Ich stand auf.

>>Wir sehen uns bald wieder Liam. Pass auf dich auf.<<

Und damit verließ ich den Raum.

Frau Maier stand bereits vor der Tür und wartete auf mich.

>>Wie haben Sie das gemacht?<<

Ich wusste, dass sie mich beobachtet hatte und gesehen hatte, wie Liam mich angeschaut hatte.

>>Das ist jetzt unwichtig. Ich muss Sie unter vier Augen sprechen.<<

Ich schaute in Richtung ihres Büros und sie folgte meinem Gedanken. Sie ging los und schloss den Raum auf. Dann setzten wir uns beide.

Ich saß ihr gegenüber und schaute ihr direkt in die Augen.

>>Ich habe eine Spur.<<

Sie schaute mich überrascht und unsicher an und war doch sehr gespannt und neugierig.

Ich stellte meine Aktentasche auf den Stuhl neben mir und zog die Dokumente der Zeichnung heraus. Ich legte sie auf den Tisch und schob sie zu ihr.

>>Schauen Sie auf die beiden Männer oben links.<<

Sie nahm die Blätter in die Hand und zog sie nah an ihr Gesicht, um es besser erkennen zu können. Nach einiger Zeit schaute sie mich fragend an.

Ich nahm eines der Blätter und setzte meinen Zeigefinger direkt unter das Zeichen auf der Schulter des Mannes.

>>Was sehen Sie da?<<

Sie zog das Blatt wieder zu sich und starrte auf das Zeichen.

>>Was ist das?<<

>>Was sehen Sie?<<

Sie holte tief Luft.

>>Es sieht aus wie ein Stern.<<

Ich zog mein Handy aus meiner Hosentasche und öffnete mein letztes Suchergebnis.

Dann schob ich ihr mein Handy entgegen, dass jetzt groß auf dem Bildschirm „RUSSISCHE MAFIA" anzeigte.

Sie öffnete ihre Augen weit und schaute hin und her zwischen dem Zeichen auf der Zeichnung und dem Zeichen auf dem Handy. Nach einiger Zeit schaute sie auf und mir direkt in die Augen.

>>Aber...<<

Sie konnte nicht weitersprechen.

Alles in ihrem Kopf schwirrte durcheinander und sie fand keinen klaren Gedanken, den sie formulieren konnte.

>>Denken Sie...<<

Sie schaute mich an und zog eine Augenbraue nach oben.

>>Na ja... Es ist eindeutig. Ich war bereits bei Luna Henning, doch sie meinte, dass es keine bekannten Kontakte in Russland gäbe und, wie Sie wissen, spricht Liam nicht viel. Aber seine kleinen Reaktionen haben mir gerade gezeigt, dass ich mit Russland schon einmal richtig liege. Doch die genauen Umstände sind natürlich noch nicht klar.<<

Sie vergrub ihren Kopf in ihren Händen und ihre langen Haare, die in einem hohen Zopf zusammengebunden waren, fielen nach vorne über ihr Gesicht.

Ich überlegte, ob ich sie kurz nachdenken ließ, doch entschied mich stattdessen dazu, ihr einfach ganz direkt zu sagen, was mein Plan war.

>>Wie auch immer. Ich werde nach Russland reisen.<<

Jetzt schaute sie schnell wieder hoch und schaute mir direkt in die Augen.

>>Sind Sie verrückt? Wir müssen die Polizei alarmieren... Es ist viel zu gefährlich. Sie – <<

>>Bitte Frau Maier. Lassen Sie das meine Sorge sein. Ich weiß, was ich tue. Liam ist mein Patient, es ist meine Entscheidung, wie ich Ihnen doch vorhin erklärt

hatte. Ich kümmere mich um alles. Lassen Sie es einfach meine Sorge sein.<<

Frau Maier nickte ungläubig und auf mich vermittelte sie nicht den Eindruck, als würde sie es dabei belassen. Ich wollte auf jeden Fall verhindern, dass die Polizei dazwischenfunkte und meine komplette Arbeit zerstörte.

Ich nahm die Papiere und steckte sie wieder in meine Tasche. Dann stand ich auf.

>>Ich kümmere mich um alles: Polizei, Verstärkung, Detektive – was auch immer es braucht, um die Verantwortlichen zu finden. Verlassen Sie sich auf mich. Ich melde mich bei Ihnen, sobald es Neuigkeiten gibt.<<

Ich wusste, dass das Risiko hoch war, dass meine kleine Lüge auffliegen würde, doch jetzt nickte Frau Maier wieder und diesmal war es schon mehr so, als hätte sie verstanden, dass es nicht ihre Angelegenheit war.

Ich verließ die Klinik und fuhr, entschlossen meine Reise nach Russland zu machen, nach Hause.

Ich fühlte mich wie betäubt. Meine Gedanken waren ein einziger großer Wirrwarr.

Man sollte der Meinung sein, dass ein ausgebildeter und erfahrener Psychologe in der Lage dazu war, seine eigenen Gedanken ordnen zu können, und bisher war das auch immer der Fall gewesen, doch diesmal fühlte ich mich hilflos.

Ich fühlte mich wie ein kleines Kind, allein gelassen auf einem Spielplatz, inmitten einer Menge voller fremder Kinder und Erwachsener. Man hatte mir mein Spielzeug weggenommen und niemand wollte mir helfen – ich war allein mit meinem Problem.

Ich meine, ich war schon immer allein mit meinen Problemen gewesen, aber bis jetzt war das nie schlimm gewesen; erst jetzt, wo die Flashbacks zurückkamen, wurde das Problem erst zu einem richtigen Problem.

Als ich in Marys Straße einbog, überrumpelten mich mehrere Polizeiautos, ein Feuerwehrauto, ein Krankenwagen und ein Leichenwagen. Mir stiegen die Haare zu Berge und ich fühlte einen eiskalten Schauer meinen Rücken herunterlaufen.

Finn.

Ich parkte mein Auto am Rand der Straße und rannte ohne nachzudenken los. Mein Herz raste und ich fing an zu zittern. Ich rannte zu einem Polizisten und fragte ihn hysterisch, was passiert sei, doch natürlich bekam ich keine Antwort.

Ich solle mich beruhigen und wer ich denn sei.

Gerade, als ich nur einen Hauch davon entfernt war

an den Polizisten vorbeizurennen und in das Haus zu stürmen, um nach meinem einzigen Sohn zu suchen, nach dem einzig wichtigen Menschen in meinem Leben, sah ich Mary und Finn aus dem Haus treten.

Sie sahen überfordert aus, aber es ging ihnen gut. Sie waren in Sicherheit, was auch immer passiert war.

Ich rannte an dem Polizisten vorbei, zu ihnen und als Finn mich entdeckte, ließ er die Hand seiner Oma los und lief zu mir. Ich umarmte ihn und ließ ihn einfach für ein paar Sekunden spüren, wie glücklich ich war, dass er jetzt wieder bei mir war.

Mary kam langsam zu uns gelaufen, mit ständigem Blick auf die Einsatzkräfte, die in das Haus ein und aus gingen und die Polizei, die jetzt alles großflächig absperrte.

>>Was ist passiert?<<

Ich schaute in Marys Gesicht. Eine Träne kullerte über ihre Wange und sie öffnete langsam ihren Mund.

>>Daniel Treuchter hat sich erhangen.<<

Ich nahm sie in den Arm und versuchte sie damit zu trösten. Ich denke, es ging nicht um die Tatsache, dass sich Daniel Treuchter erhangen hatte, sondern es ging darum, dass sich eine Person, die nur wenige Meter entfernt gewesen war, von der sie nur einige dünne Wände getrennt hatten, erhangen hatte.

Ich ließ mir nicht anmerken, dass ich ein wenig stolz auf mich war. Erst wenige Stunden zuvor hatte ich noch darüber nachgedacht, dass Daniel wahrscheinlich suizidgefährdet war und vorhatte sich umzubringen und, wie man nun sah, hatte ich recht behalten.

Andererseits fühlte ich mich auch ein bisschen schlecht dafür, dass ich nicht nach ihm gesehen hatte, wo ich doch geahnt hatte, wie schlecht es ihm ging.

Aber es war nicht meine Aufgabe mich um den depressiven Nachbarn meiner Schwiegermutter zu kümmern. Er hätte selber akzeptieren müssen, dass er Hilfe brauchte und sich diese besorgen sollen. Oder die wenigen Menschen in seinem Umfeld hätten ihn zu einer Therapie schicken müssen.

Ich war nur ein Fremder, ich war nicht zuständig für das Leben eines gewissen Daniel Treuchters.

Ein Polizist kam zu uns und nahm die Daten von Mary auf, damit sie später befragt werden konnte.

Währenddessen ging ich mit Finn zum Auto und versuchte ihn aufzumuntern.

>>Sowas passiert leider manchmal. Mach dir deswegen keine Sorgen.<<

>>Aber warum machen Menschen das?<<

Ich versuchte eine gute Antwort zu finden, die ich meinem 11-jährigen Sohn geben konnte, doch kam zu dem Entschluss, dass ich ihm einfach die harte Wahrheit sagen musste.

>>Es gibt viele Menschen auf der Welt, die ein sehr schlechtes Leben haben – zum Beispiel, weil sie gemobbt werden oder schlechte Eltern haben oder obdachlos sind. Und manchmal bekommen solche Menschen dann Krankheiten, die im Kopf sind; man nennt das auch psychische Krankheiten. Manche Menschen kommen dann nicht mehr aus ihrem Bett raus oder können nicht mehr einkaufen gehen, weil sie Angst vor Menschenmassen haben. Manche Menschen

können viele Dinge nicht mehr alleine machen und bei manchen Menschen ist die Krankheit so schlimm, dass sie sich selber verletzen oder sich, so wie Omas Nachbar, umbringen. Die Menschen sehen dann keinen anderen Ausweg und wollen, dass ihr Leid aufhört und deshalb sterben sie lieber.<<

Finn schaute mich mit großen Augen an. Diese Welt, von der ich ihm gerade erzählt hatte, war keine Welt für Kinder. Er war eigentlich noch zu jung, um das alles zu wissen.

Er wusste, dass ich mich um Menschen kümmerte, denen es nicht gut ging und er hatte bestimmt schon ein paar Mal etwas von psychischen Krankheiten gehört, aber eigentlich war er noch zu jung, um zu erfahren, dass es Menschen gab, die sich das Leben nahmen, weil sie nicht mehr leiden wollten.

Als Vater sollte man sein Kind beschützen und am liebsten hätte ich Finn vor dieser Welt beschützt, doch jetzt, da wir in dieser Situation gelandet waren, sollte er auch die Wahrheit erfahren – das war das Mindeste.

>>Papa, hast du sowas auch?<<

>>Eine psychische Krankheit?<<

Er nickte und schaute mich mit seinen großen, traurigen Augen an.

>>Nein Finn, mach dir keine Sorgen. Mir und Mary geht es gut, wir beide werden uns nichts antun.<<

Ich lächelte ihn an und nahm ihn dann fest in den Arm.

Mary kam mit Tränen in den Augen wieder zu uns. Es war zu viel für sie – ein Nachbar, der Selbstmord beging, und das nur wenige Meter von ihr entfernt. Sie war einfach ein sehr emotionaler Mensch.

Ich nahm sie noch einmal in den Arm.

>>Warum hat er das gemacht?<<

Sie schluchzte.

>>Das werden wir wahrscheinlich niemals erfahren. Aber das ist doch nicht unser Problem Mary.<<

Ich ließ sie los und schaute ihr tief in die Augen.

>>Du kanntest ihn kaum. Mach dir keine Sorgen darum. Du hättest ihm nicht helfen können.<<

Mary wischte sich die Tränen mit einem Taschentuch aus dem Gesicht.

>>Ich kann jetzt nicht mehr in meine Wohnung.<<

Sie drehte sich in Richtung des Eingangs und blickte mit einem unwohlen Blick auf die Tür.

>>Kein Problem. Wir holen nur schnell deine wichtigsten Sachen und dann kannst du so lange bei uns bleiben, wie du möchtest.<<

Mary nickte. Sie versuchte zu lächeln, um mir zu zeigen, wie sehr sie sich über das Angebot freute, aber es fiel ihr sehr schwer.

So traurig es auch war, dass sich Daniel Treuchter das Leben genommen hatte, so gut bat sich die jetzige Situation an.

Ich würde Mary von meiner Geschäftsreise erzählen und sie würde mit Finn im Haus bleiben bis ich wieder zurückkommen würde. Dann hatte ich jemanden, der auf Finn aufpasste, und Mary hatte eine Unterkunft für die nächste Zeit.

Ich hatte noch keine Ahnung, wie lange ich in Russland bleiben würde, aber es würde sich schon alles irgendwie ergeben.

Mary ging zu einem der Polizisten und erklärte ihm, dass sie gerne ein paar Sachen aus der Wohnung holen würde, damit sie für einige Zeit bei ihrem Schwiegersohn einziehen könnte. Der Polizist holte jemanden anderen zu sich, der Mary und mich begleiten sollte, während Finn bei dem Polizisten bleiben würde.

Der andere Mann führte uns nach oben. Überall im Hausflur wimmelte es von Ärzten, Polizisten und Menschen mit Anzügen, die wichtig aussahen. Es liefen Personen mit Handschuhen und Tüten durch die Gegend. In einigen Tüten waren Papiere, in anderen irgendwelche Gegenstände und in einigen die Sachen, die Daniel Treuchter an sich trug, zum Beispiel einen goldenen Ring.

Wir liefen an all diesen Personen vorbei und wurden in Marys Wohnung gelassen.

Mary kramte nach einer Tüte und einem Rucksack und gab mir Anweisungen, was ich heraussuchen und ihr geben sollte. Manchmal stand ich daneben und hielt die Tüte auf, damit sie ihre Sache hineintun konnte.

Einmal als ich in Marys Wohnungsflur stand, drehte ich mich vorsichtig zu Daniel Treuchters Wohnung um. Vorbei an den Rettungskräften erblickte ich ein schlaffes Seil, dass an der Decke hing. Ich sah diese wichtigen Menschen, die Proben von dem Seil abnahmen und es genau betrachteten. Da waren

Menschen mit Protokollen und Kameras, die alles genauestens dokumentierten.

Ich schaute direkt in das Wohnzimmer. Es war dunkel in der Wohnung; egal wie viele Lichter man anmachte, der ganze Raum füllte sich mit Dunkelheit. Ich sah Staub herumfliegen und sah ein altes, braunes Sofa, auf dem mehrere Pizzakartons lagen. Dann sah ich, wie jemand eine Katze in der Hand hielt und sie in eine Katzenbox packte. Jemand anderes nahm die Box und ging damit aus der Wohnung.

Ich blickte schnell wieder zu Mary.

Ich hatte schon Patienten gehabt, denen ich nicht hatte helfen können. Ich hatte schon einmal den Moment erlebt, als ich mitten in der Nacht aus meinem Schlaf gerissen wurde und den Anruf erhielt, dass einer meiner Patienten Selbstmord begangen hatte.

Bekannterweise bekam ich von Angehörigen dafür oft die Schuld beziehungsweise Teilschuld zu geschrieben, doch das machte mir nichts aus. Jeder gute Psychologe hatte auch einen guten Verteidiger und bis jetzt war noch nie etwas passiert.

Bloß, weil sie meine Patienten waren, hatte ich keine Verpflichtung dazu ihnen das Leben zu retten. Ich versuchte immer mein Bestes zu geben und jedem, der in meine Praxis kam, zu helfen, aber manche Menschen wollten einfach nicht gerettet werden. Am Ende war dann eben doch jeder für sich selber verantwortlich und wenn sich jemand wirklich in den Kopf setzte Suizid zu begehen, konnte selbst der beste Psychologe der ganzen Welt nichts mehr dagegen unternehmen.

Mary kam mit dem Rucksack in der Hand aus ihrem Schlafzimmer und schaute dabei herüber in die andere Wohnung. Auch sie sah das Seil.

Ich schaute noch einmal herüber und sah, wie man anfing das Seil von der Decke zu entfernen.

>>Lass uns gehen.<<

Als ich sprach, schaute ich wieder zu ihr und sah, wie ihr die Tränen wieder hochkamen.

>>Du solltest das wirklich nicht sehen Mary. Komm, Finn wartet auf uns.<<

Ich nahm ihr den Rucksack und die Tüte ab und legte meinen Arm um ihre Schulter. Wir liefen los, geführt von dem Mann, der im Treppenhaus auf uns gewartet hatte.

Als wir unten wieder ankamen, bedankten wir uns bei dem Polizisten und Mary hinterließ meine Adresse. Dann stiegen wir zusammen mit Finn in mein Auto ein.

Die Autofahrt von Mary zu mir war nicht lang, aber nach so einem Ereignis bedeckte ein schwarzer Schleier meine Wahrnehmung. Das Betätigen der Gangschaltung, des Gaspedals und der Bremse fühlte sich unfassbar schwer an.

Die Bilder von Daniel Treuchters Wohnung versperrten meine Sicht. Ich konnte nur noch verschwommen denken. Alles fühlte sich verlangsamt an. Das Auto, das viel langsamer fuhr, meine Hand, die das Lenkrad viel langsamer drehte, die Ampel, die viel langsamer umschaltete, und die Gebäude, die viel langsamer an mir vorbeizogen.

Als ich den ersten Schritt in mein Haus machte, fühlte ich mich keineswegs zu Hause angekommen. Ich fühlte mich fremd. Das Haus war mir fremd, mein Sohn war mir fremd, ich war mir selber fremd.

Ich fühlte mich die ganze Zeit über unwohl, wie in einem schlechten Film.

Ich trug Marys Sachen in das Gästezimmer und holte einen frisch gewaschenen Bettbezug aus der Waschkammer. Dann machten wir zusammen Rührei und deckten den großen Glastisch auf der Terrasse. Mary bewunderte unsere Blumen und freute sich über die vielen Früchte und über die Kräuter und das Gemüse im Gewächshaus.

Als es bereits dunkel wurde, brachte ich Finn in sein Bett und auch Mary war schon so müde, dass sie sich dazu entschied sich ins Bett zu legen.

Ich schloss die Eingangstür ab und schaltete alle Lichter aus.

Wieder fühlte es sich so an, als würde ich mich selber von außen beobachten, so, als würde ich neben mir stehen.

Es war ein befremdetes Gefühl. Ich hatte so etwas früher oft erlebt, als es mir selber psychisch sehr schlecht ging. Ich habe mich oft gefühlt, als wäre meine Seele gar nicht in meinem Körper. Ich konnte beobachten, wie mein Körper jeden Tag in die Schule ging oder mit meinen Freunden draußen spielte, aber ich selber war eigentlich nie bei diesen Ereignissen dabei. Ich selber war immer gefangen in einer Nebenwelt, weit weg von den Dingen, die der Realität entsprachen.

Ich lief die Treppen nach oben und ging in mein Schlafzimmer. Ich sah das weiche Bett, schloss die Tür und ließ mich einfach auf die weiche Matratze fallen.

Ich wollte mich geborgen und geliebt fühlen, aber alles, was übrigblieb, war der Blick auf meinen eigenen, erschöpften Körper.

Ich schloss die Augen und dachte an all die schönen Dinge in meinem Leben zurück. Daran, wie ich Celeste kennenlernte, wie ich diese perfekte Frau heiratete und wie wir beide unseren perfekten Sohn das erste Mal in den Armen hielten. Ich dachte an all die schönen Momente mit ihr zurück und dann schlich sich die Erinnerung in mein Gedächtnis, wie ich sie das letzte Mal sah.

Vor meinen Augen spielte sich ein Blutbad ab, eine Tragödie, ein Mord, ein Verbrechen. Ich sah es plötzlich ganz genau vor mir, wie diese wunderschöne, liebenswürdige Frau blutüberströmt und leichenblass auf unserem Teppich lag. Ich sah es genau vor mir, wie ich mich zu ihr bückte, ihre blutige Hand nahm und ihr das letzte Mal auf ihre weiche Stirn küsste.

Ich liebte diese Frau.

Sie war mein Ein und Alles. Sie war alles, was mich jemals glücklich gemacht hatte.

Ich wollte sie stolz machen, von wo aus auch immer sie mir gerade zusah.

Also setzte ich mich auf, rieb mir die Augen – vermutlich in der Hoffnung die Erinnerungen aus meinem inneren Auge verschwinden zu lassen – und lief in mein Arbeitszimmer.

Im Flur war es kalt und in meinem Arbeitszimmer nur noch kälter. Ich setzte mich an den Schreibtisch und startete den Computer.

Mein Ziel war Russland.

Also suchte ich im Netz nach einem günstigen und schnellen Flug nach Russland.

Ich wusste nicht, was genau ich vorhatte in Russland zu tun, doch was auch immer es war, ich musste es tun. Kein Weg führte daran vorbei. Ich wusste, dass die Polizei alles nur noch verschlimmern würde. Sie würden niemals Liams Familie finden. Ich wusste nicht, ob ich es schaffen konnte, doch ich vertraute meinem Instinkt und meinen Fähigkeiten. Die Hoffnung stirbt zuletzt und genau aus diesem Grund drückte ich auf ‚Buchen'.

Mir war egal, wie viel Risiko ich eingehen musste. Mir war egal, was ich dafür in Kauf nehmen musste und mir war egal, wie klein meine Erfolgschancen waren. Ich würde jeden letzten Cent ausgeben und jede nächste Sekunde meines Lebens dafür verschwenden, nur um Liams Familie zu finden und den Verantwortlichen ihre Strafe zu geben.

Ich selber bewunderte meine Zielstrebigkeit. Ich wusste nicht, warum ich das alles unbedingt tun wollte, doch irgendeine innere Stimme sagte mir, dass es das Richtige war.

Vielleicht wollte ich auch einfach wieder alles gut machen, was ich in den letzten Jahren falsch gemacht hatte.

Vielleicht wollte ich mein Karma aufbessern und endlich Mal das Richtige tun.

Vielleicht wollte ich nicht mehr dieser schlechte Mensch sein, für den ich mich hielt.

Vielleicht sah ich mich manchmal selber in Liam – den jungen, unschuldigen Erwachsenen, der nun sein ganzes Leben bestraft sein würde, nur weil man ihm keine besseren Chancen gegeben hatte – nur weil jemand anderes einen großen Fehler gemacht hatte.

Ich wusste, dass Liam und ich um Welten verschieden waren, aber irgendwie war er mir so vertraut. Ich wollte ihm einfach helfen.

Ich wollte ihm aus dem gleichen Grund helfen, aus dem ich auch anderen Leuten half. Ich war Psychologe geworden, weil es mein Lebensziel – mein Wunsch – war und ich würde alles dafür tun diesem Jungen das Leben etwas leichter zu machen.

Ich wusste nicht, ob mein Plan aufgehen würde und ich ihn ‚retten' könnte. Retten aus dieser Klinik, retten vor einer schlechten Zukunft, retten vor seinem eigenen Kopf. Ich wusste nicht, ob ich das alles konnte, aber ich würde es versuchen, und ich wusste, dass am Ende des Tages immer noch der gute Wille zählte, mit dem ich tagtäglich durch das Leben ging.

Und deshalb fing ich noch am selben Abend an meine Taschen zu packen.

06:40 Uhr - 31.05.

Heute war es soweit: Ich musste Mary und Finn von meiner bevorstehenden Reise erzählen.

Ich hatte Angst vor diesem Moment. Ich wusste nicht genau, was ich eigentlich sagen sollte.

Beide waren bereits wach, wir hatten gefrühstückt und Finn wartete im Wohnzimmer darauf, dass ich ihn zur Schule fuhr.

Mary goss gerade ein paar Blumen im Flur und ich gab ihr ein Zeichen, dass ich kurz mit ihr und Finn reden wollte. Also stellte sie die Gießkanne bei Seite, folgte mir ins Wohnzimmer und setzte sich zu Finn auf die Couch.

>>Ich muss euch etwas Wichtiges sagen.<<

Ich zwang mir ein Lächeln auf. Meine Gedanken überschlugen sich. Ich wollte sie doch eigentlich gar nicht verlassen. Ich wollte bei ihnen bleiben und mich um sie sorgen, aber ich hatte eine Aufgabe - eine Verpflichtung, der ich nachgehen musste.

>>Ich fliege heute noch nach Russland.<<

Ich wartete kurz. Beide schauten mich verwirrt an.

>>Es ist etwas...na ja...Geschäftliches. Ich weiß, es ist sehr spontan, aber es ist sehr wichtig.<<

Finn holte tief Luft. Er war der erste, der sich einmischen wollte und diese Reise auf jeden Fall verhindern wollte. Es tat mir so weh ihm diese Neuigkeit zu überbringen. Er war mein einziges Kind und ich würde ihn jetzt alleine lassen und wusste noch nicht einmal für wie lange.

>>Aber warum Papa? Was ist denn so wichtig? Und warum musst du dafür nach Russland?<<

Ich war bereits auf diese Fragen vorbereitet. Erst hatte ich vorgehabt beide einfach anzulügen und ihnen eine Geschichte eines anderen wichtigen Patienten aufzutischen, der dringend meine Hilfe in Russland benötigte.

Doch dann hatte ich beschlossen mich zumindest zu einem wichtigen Teil an die Wahrheit zu halten. Ich hielt nicht viel von Lügen – zumindest heute nicht mehr.

Früher hatte mein ganzes Leben aus reinen Lügen bestanden, doch heute hatte ich diese Vergangenheit hinter mir gelassen.

Diese Vergangenheit zu verleugnen war zwar auch irgendwie eine Lüge, aber das war es mir wert, um meine Familie zu beschützen. Ich hatte bereits zu viel verloren, um noch ein weiteres Risiko einzugehen.

>>Ihr erinnert euch an Liam Henning? Nun, es gibt Neuigkeiten in der Ermittlung! Scheinbar gibt es Hinweise, die auf russische Tätigkeiten hindeuten und ich, als sein Psychologe, bin natürlich ein Teil bei diesen Ermittlungen innerhalb Russlands. Und da wir das alles so schnell wie möglich aufklären müssen, muss ich eben noch heute nach Russland.<<

Finn wusste nicht, wie er darauf reagieren sollte. Er saß zusammengekauert auf der Couch und starrte an die Wand hinter mir.

Er wollte nicht nach der kompletten Wahrheit fragen. So sehr es ihn auch interessiert hätte, was das alles mit Russland zu tun hatte, wusste er genau, dass es ihn nichts anging und ich es ihm sehr wahrscheinlich sowieso nicht sagen würde.

Mary starrte mich ungläubig an.

In ihrem Kopf ratterte es und ich wusste ganz genau, dass ihre Gedanken irgendwann daran hängen bleiben würden, dass sie einige Zeit alleine mit ihrem einzigen und so sehr geliebten Enkel wäre. Und ich wusste auch, dass sie niemals ‚Nein' zu dieser Zeit sagen würde.

Doch das wollte sie mir natürlich nicht so direkt sagen, also überlegte sie stattdessen, wie sie ihre Worte formulieren sollte.

>>Okay.<<

Mary stand auf.

>>Ich hoffe, dass du weißt, was du tust und, dass du gut auf dich aufpasst. Russland ist groß und gefährlich. Und bitte melde dich bei uns beiden. Sag uns, wie die Ermittlungen laufen und erzähl uns von den Menschen dort. Finn und ich machen uns ein paar schöne Tage, mach dir darum keine Sorgen.<<

Sie umarmte mich und anhand ihres Blickes konnte ich erkennen, dass sie sich eigentlich nicht wirklich Sorgen um mich machte. Sie wusste, dass ich ein erwachsener und kluger Mann war und, dass es Gründe für meine Entscheidungen gab. Sie wusste, dass ich nichts unüberlegt machen würde und sie vertraute mir.

Ich wusste, dass sie all das nur sagte, damit Finn wusste, dass Mary dafür sorgen würde, dass es mir gut ging auf meiner Reise.

Und das funktionierte. Auch Finn stand jetzt auf.

Er schien unentschlossen und ich wusste, dass er sich nicht von mir verabschieden wollte, aber trotzdem tat er es.

Er vertraute mir, genauso wie Mary es tat.

>>Ich hab dich lieb Papa.<<

Ich nahm ihn in die Arme und hielt ihn für einige Sekunden fest. Ich strich ihm durch sein weiches Haar und spürte, wie das Wertvollste auf der ganzen Welt geborgen in meinen Armen lag.

Ich fühlte mich für einige Sekunden nicht mehr fremd, sondern wohl, geborgen und zu Hause.

Finn würde mir so sehr fehlen.

Ich wusste, dass ich nun ein großes Risiko einging und, dass ich es um jeden Preis eingehen musste. Aber der Preis meinen Sohn zu verlieren war mir zu hoch. Ich musste dafür sorgen, dass er in Sicherheit war, egal, was passieren würde.

>>Ich hab dich auch lieb.<<

Ich gab ihm einen Kuss auf die Stirn und ließ ihn los.

Dann bat ich Mary darum Finn zur Schule zu bringen. Wenn sie jetzt losliefen, würden sie es noch rechtzeitig schaffen.

An der Tür nahm ich beide nochmals in den Arm und verabschiedete sie.

Mein Herz zerbrach in tausend Stücke, als ich dabei zu sah, wie sie in Richtung Schule losliefen.

Es fühlte sich nicht wie eine Verabschiedung für einige Tage an, sondern wie eine Verabschiedung für das ganze Leben.

Es fühlte sich so an, als hätte ich alles verloren, was einen Wert in meinem Leben gehabt hatte.

Mein Leben hatte plötzlich keine Bedeutung mehr und ich fühlte mich plötzlich wieder wie der junge, dumme Mensch, der ich einst war.

All die Erinnerungen aus meiner Vergangenheit strömten wieder auf mich ein.

Plötzlich waren all diese Dinge, die ich hinter mir gelassen hatte, wieder in meinem Leben; wieder ein Teil von mir.

Ich fühlte, wie sich die Zeit zurückdrehte und all diese Emotionen auf mich ein prasselten. Ich fühlte mich ganz klein und schwach und doch so stark wie nie zuvor.

Ich ging wieder ins Haus und, als der neue Mensch, der ich war, bestellte ich mir ein Taxi zum Flughafen.

Die Zukunft war so ungewiss und beängstigend, aber der Mensch, der ich jetzt war – oder wohl eher der, der ich sein musste – vergaß all dies.

Ich vergaß Mary und Finn.

Ich vergaß meine verstorbene Ehefrau.

Ich vergaß alles.

In meinem Kopf waren nur noch Russland und die Erinnerungen, die wie ein Wasserfall in mein Gehirn strömten.

Die Erinnerungen, die sich vor meinem inneren Auge ausbreiteten und mich immer mehr und mehr zu dem Menschen machten, der ich zuletzt vor einigen Jahren gewesen war: Ein gefühlstoter, kalter Egoist.

07:01 Uhr - 01.06.

Ich schaute aus dem Fenster auf die Straßen. Alles war mir so bekannt, die Sprache, die Menschen, diese Stadt.

Ich sah viele Personen umherlaufen. Geschäftsleute, Familien, Jugendliche, Kinder.

Obwohl es erst um 7 Uhr am Dienstagmorgen war, waren die Straßen bereits mit Autos, Motorrädern, Fahrrädern und Menschen befüllt.

Aber das machte mir nichts aus.

Ich kannte jeden Winkel dieser Stadt, jede einzelne Straße, jede noch so kleine Gasse und dutzende von Abkürzungen.

Ich beschloss mich dazu erst einmal heiß zu duschen. Das heiße Wasser floss meinen Körper hinunter und der Wasserdampf breitete sich im ganzen Bad aus.

All meine Sorgen und die Unsicherheit waren verflogen und ich sah mein Ziel ganz direkt vor meinem inneren Auge.

Ich drehte das Wasser ab, stieg aus der Dusche, trocknete mich ab und zog mir eine schwarze Jeans und ein blau kariertes Hemd an. Dann steckte ich mein Handy, mein Portemonnaie und die Hotelzimmerkarte ein und schloss die Tür hinter mir.

Das Hotel, in dem ich übernachtete, war erst vor einigen wenigen Jahren neu erbaut worden und war in einem sehr modernen und minimalistischen Stil eingerichtet. Das Gebäude war sowohl von innen, als auch von außen in schwarz-weißen Farbkombinationen designt und es wurde viel mit Glas und moderner Kunst gearbeitet.

Mir gefiel dieser Stil.

Ich ging den langen Gang entlang und beobachtete eine Familie, die soeben einen Koffer nach dem anderen in den Flur räumte; bereit wieder abzureisen.

Um mich selber wieder hier willkommen zu heißen, hatte ich mir ein Frühstück bei meinem Lieblingsbäcker in der Stadt versprochen.

Also verließ ich Punkt 8 Uhr das Hotel und machte mich auf den Weg.

Die Gassen waren inzwischen ein wenig leerer als zuvor.

Die Erwachsenen arbeiteten, die Kinder und Jugendlichen waren in der Schule oder im Kindergarten. Man sah nur einige vereinzelte Erwachsene, vorrangig im höheren Alter, zum Beispiel beim Einkaufen oder einem Spaziergang.

Ich ging auf meinem Weg an vielen bunten Schaufenstern vorbei. Einige präsentierten russische Souvenirs, andere Kleidung und russische Pracht, und durch einige Glasscheiben starrten mich funkelnde Diamantketten an.

Diese Stadt war immer noch so reich wie damals schon. Die Häuser waren alle frisch renoviert, die Straßen makellos gerade und der neu angelegte Park im Zentrum der Stadt sah aus wie ein Stück Wald, das man einfach aus der Natur herausgerissen und hierhergebracht hatte – eben einfach perfekt.

Ich fühlte mich zu Hause und wohl. Das erste Mal, seitdem ich Liams Zeichnung gesehen hatte, fühlte ich mich wieder geborgen.

Ich roch bereits frisches Brot und als ich um die nächste Ecke bog, schaute ich auf eine wunderschöne, alte Bäckerei. Das Geschäft war schon seit Jahrzehnten im Familienbesitz und war seit langem kaum renoviert worden, damit es den beliebten, alten Touch behielt.

Ich öffnete die Tür, freute mich über das leise Klingeln der Glocke und suchte mir einen Tisch am Fenster.

In Russland herrschten zurzeit angenehme Temperaturen, um die 19°C, doch um diese Uhrzeit hatte ich mir noch eine Jacke übergezogen. In der Bäckerei jedoch war es beheizt und angenehm warm. Also zog ich meine Jacke aus und hing sie über meinen Stuhl.

Als eine junge, lächelnde Bedienung an meinen Tisch kam, bestellte ich mir einen Kaffee und ein selbst zusammengestelltes Frühstück. Ich wusste genau, was in dieser Bäckerei besonders gut schmeckte und probierte trotzdem auch etwas Neues aus.

Ich lehnte mich zurück und genoss den Ausblick aus dem Fenster. Einige Menschen gingen vorüber. Viele von ihnen sahen betrübt und müde aus. So war das eben in einer typischen Arbeitswoche.

Und doch kamen mir die meisten Menschen hier glücklicher vor als die Menschen aus meiner Heimat.

Es schien so, als hätte man sich hier einfach mit dem Arbeitsleben abgefunden und versuchte das Beste aus seinem Leben zu machen. Die meisten Menschen meiner Heimat kämpften gegen ihr Schicksal an oder verglichen sich mit anderen Personen, die scheinbar glücklich und reich waren, und das machte sie immer und immer trauriger.

Ich wusste, dass es nicht für alle Menschen galt. Nicht alle Menschen hier waren glücklich und nicht alle Menschen zu Hause waren unglücklich. Und doch machte es manchmal den Eindruck auf mich, als wäre genau das die Realität.

Ich saß noch einige Minuten da und beobachtete das Geschehen außerhalb der Bäckerei.

Dann brachte mir die junge Frau mein Frühstück und meinen Kaffee und ich bezahlte.

Ich war glücklich an diesem kleinen Tisch inmitten dieser wunderschönen, großen Stadt.

Es war so, als wäre ich zurück in meine zweite Heimat gekehrt und, wenn es nach mir ginge, würde ich wohl für immer hierbleiben. Doch schon nach diesen wenigen Stunden in dieser Stadt fühlte ich, wie mich die Vergangenheit einholte und dieses leise Verlangen, einfach alles aufzugeben und wieder nach Hause zu meiner Familie zu reisen, immer lauter wurde. Aber jetzt war ich hier und ich hatte ein wichtiges Ziel, also durfte ich jetzt nicht mehr aufgeben.

Gerade als ich bereit war zu gehen, setzte sich ein großer, stämmiger Mann mit kurzen, grauen Haaren und einem langen, grauen Bart mir gegenüber. Er hatte einen dicken Pullover an, viele Falten in seinem Gesicht und schaute mich mit seinen dunkelgrünen Augen an. Ich lächelte ihn an.

>>Vincent.<<

Jetzt lächelte er auch.

>>Was machst du hier?<<

Ich liebte sein perfektes Russisch und mir wurde erst jetzt bewusst, wie sehr ich diese Sprache vermisst hatte. Ich wusste, dass ich nicht mehr so gut russisch konnte wie noch vor einigen Jahren, doch er würde mich trotzdem verstehen.

>>Ich bin beruflich hier.<<

Er zog eine Augenbraue hoch.

>>Beruflich?<<

Ich hatte gehofft, dass er mich sehen – immerhin gehörte ihm diese Bäckerei inzwischen - und zu mir kommen würde. Und ich hatte auch gehofft, dass er mir meine Lüge nicht abkaufen würde; oder wohl eher hatte ich es gewusst.

>>Du brauchst Hilfe? Deshalb bist du hier, nicht wahr?<<

Ich schaute ihn nicht an, aber nickte.

Er war ein alter Freund und der einzige, von dem ich wusste, dass ich mich jetzt auf ihn verlassen konnte. Ja, ich brauchte seine Hilfe, weil sie die Einzige war, die mir wirklich weiterhelfen würde. Ich brauchte ihn für Liam.

>>Was ist es?<<

Er schaute mich ernst an. Ich wusste genau, dass er alles für mich tun würde. Ich konnte ihn um alles auf der Welt beten und er würde es tun. So, wie gute Freunde das eben taten.

Ich nickte mit dem Kopf zur Seite, um ihm zu zeigen, dass wir das lieber an einem anderen Ort besprechen sollten. Also standen wir beide auf und verließen die Bäckerei.

Ich wusste noch ganz genau, was Vincent und ich alles zusammen erlebt hatten. Er war von Anfang an bis zum Ende immer dabei gewesen und war immer für mich da gewesen, egal in welcher Situation ich mich befand. Egal was passiert war, ich wusste immer, dass ich mich auf meinen besten Freund verlassen konnte.

Als ich damals das Land verließ, verloren Vincent und ich fast vollständig den Kontakt, aber wir wussten beide, dass wir jemanden am anderen Ende *der Welt* hatten, der *seine Welt* für den anderen geben würde.

Er war meine Hoffnung hier in Russland und ich war so dankbar dafür ihn zu haben. Ich wusste, dass ich imstande dazu war Liams Familie zu finden, mitsamt der Täter – aber eben nur mit Vincents Hilfe.

Vincent hatte immer noch Kontakt zu Personen der russischen Mafia – Freunde und Feinde von früher. Er selber war nicht mehr aktiv tätig oder indirekt an irgendwelchen Tätigkeiten beteiligt.

Ich fragte Vincent nach seinem Leben, wie es ihm ging, was die Familie machte und was er jetzt so tat in seinem Leben. Und er fragte mich aus.

>>Kurz nachdem du weg warst, habe ich es hingeschmissen. Das war doch eh alles sinnlos und ich habe doch gesehen, was passiert. Als ich dich verloren habe, hatte ich Angst mich selber zu verlieren.<<

Seine Augen sahen müde und sein Körper schlaff aus. Er hatte seine Lebensenergie mit der Zeit verloren. Wir wurden eben alle nicht mehr jünger und auch Vincent blickte auf den letzten Abschnitt seines

Lebens. Es fühlte sich an, als würde er schneller altern als andere Menschen in seinem Alter.

Wir bogen in die nächste Straße ein und er zeigte auf eine Eingangstür.

>>Da wohne ich jetzt.<<

Die Straße war eher eine verdreckte, kleine Nebengasse mit einigen alten, teilweise zerfallenen Häusern. Ein paar alte Autos standen auf der Straße und ein kleiner, bunter Obstladen hatte geöffnet.

Vincent zog einen Schlüssel heraus und öffnete die Tür. Wir liefen einige Treppen nach oben und dann zeigte er mir seine neue Wohnung. Sie war klein, aber schön eingerichtet. Die Miete war gut und er fühlte sich endlich wieder wohl in seinem zu Hause.

Er bot mir Tee an und wir setzten uns auf die Couch in seinem Wohnzimmer. Man konnte aus der Wohnung hinaus auf die Straße schauen und Kinder beim Spielen beobachten. Von hier aus konnte ich auch die höheren Stockwerke meines Hotels in der Ferne sehen.

>>Ich weiß, es ist nicht die schönste Wohnung in der Gegend, und auch die Aussicht ist nicht gerade... Die Beste...<<

Er setzte sich und zündete sich eine Zigarre an.

>>...Aber immerhin habe ich hier meine Ruhe.<<

Seine Stimme klang kratzig und tief. Ich ließ mich in sein Sofa sinken.

Und dann kamen wir zum wichtigen Thema. Ich erzählte Vincent von meinem Patienten, der seit dem Verschwinden seiner Familie schwieg, und zeigte ihm zum Schluss die Zeichnung.

>>Was fällt dir dort auf?<<

Wieder zeigte ich auf das Symbol auf der Schulter in der Zeichnung.

Vincent setzte sich seine Lesebrille auf, zog das Blatt ein Stück näher an sein Gesicht und hob dann beide Augenbrauen. Dann schaute er mich ernst an, atmete tief aus und schaute wieder auf das Blatt.

>>Ja. Ich verstehe schon Morel.<<

Ich fand es amüsant, wie er mich nach all den Jahren immer noch Morel nannte. Einige dachten sich Namen aus, Freunde sprachen sich oft mit Vornamen an und einige, wie ich, stellten sich nur mit dem Nachnamen vor. Vincent hatte irgendwann durch Zufall meinen Vornamen herausgefunden, doch bis heute war er bei meinem Nachnamen geblieben. Wahrscheinlich war es eine Gewöhnungssache.

>>Kannst du mir helfen?<<

Ich versuchte ihn besonders verzweifelt anzuschauen, auch wenn ich wusste, dass er mir sowieso gerne helfen würde.

>>Ja, keine Frage. Ich habe genug Kontakte, das ist kein Problem. Da ist jetzt ein neuer, frischer Junge. Er ist sehr jung, aber keineswegs dumm. Ich setze ihn darauf an. Ist deine Telefonnummer immer noch dieselbe?<<

>>Ja. Und ach ja...<<

Ich zog einen Zettel aus meiner Hosentasche und gab ihn Vincent.

>>Das ist mein Hotel.<<

Ich gab ihm einen Blick, der ausdrücken sollte, dass ich ihm mit diesen Informationen vertraute, aber auch, wie dankbar ich für seine Hilfe war.

>>Danke man.<<

>>Dafür bin ich doch da. Aber versprich mir, dass du vorsichtig bist. Die Menschen sind seit deinem Verschwinden nicht gerade ruhiger geworden – ganz im Gegenteil: Neue Anhänger, neue Gebäude, neue Waffen. Eine neue, stärkere Identität. Unterschätze sie niemals.<<

>>Unterschätze *mich* nicht.<<

Ich zwinkerte ihm zu. Er wusste, dass ich seinen Tipp ernst nahm und ich war ihm dankbar, dass er mich noch einmal darauf aufmerksam gemacht hatte. Sonst hätte ich meine Aufgabe hier wohl wirklich unterschätzt.

Und dann versanken wir in ein stundenlanges Gespräch über die Vergangenheit, die Gegenwart und die Zukunft. Wir lachten viel, aber sprachen auch ernsthaft. Ich hatte es vermisst; diese Stadt, diese Straßen, die Gebäude, die Menschen, die Sprache. Und ich hatte ihn vermisst. Ich war endlich wieder zu Hause, nach all den Jahren.

Ich hatte den ganzen Nachmittag im Park verbracht. Bis auf ein paar streunende Tiere, Mütter mit ihren kleinen Kindern und ein paar Jugendlichen, die laut Musik hörten, war dort nicht viel los.

Ich genoss es, wieder in meiner zweiten Heimat zu sein. Die Luft fühlte sich ganz anders an; die Welt kam mir viel bunter vor.

Dabei müsste eigentlich alles viel grauer sein, denn hier holte mich diese grausame Vergangenheit ein, die ich eine so lange Zeit hinter mir gelassen hatte.

Ich hatte immer so getan, als hätte es meine Vergangenheit nie gegeben, aber jetzt, wo ich wieder hier war, war mir dieses vergangene Leben näher denn je. Ich fühlte mich geborgen, wohl und zu Hause, aber gleichzeitig fühlte ich mich so fremd. Ich fühlte mich genauso zurückgestoßen wie damals. Mein Herz war wieder genauso eingefroren und mein Kopf wieder genauso leergefegt. Ich konnte die dunkle Wolke spüren, die sich über meine Gedanken legte.

Ehrlich gesagt hatte ich einfach nur Angst.

Ich hatte Angst, dass meine Vergangenheit mich ergreifen würde und noch mehr Angst hatte ich vor meiner Zukunft. Ich hatte Angst vor dem, was als Nächstes kommen würde, einfach, weil es so ungewiss war.

Ich kannte viele von den Menschen, mit denen ich es in den nächsten Tagen zu tun haben würde, und ich wusste, wie unberechenbar sie sein konnten.

Und genau das machte mir Sorgen.

Egal, wie clever und vorbereitet man war, sie waren besser als du.

Und genau das war das Problem.

Ich konnte mir tausende von Strategien ausdenken und hatte trotzdem keine Chance gegen sie. Ich konnte mich noch so sehr vorbereiten und trotzdem waren sie stärker als ich. Ich war alleine und sie zu hunderten.

Als ich auf die Uhr schaute und sah, dass es schon nach 15 Uhr war, beschloss ich, mich endlich auf den Weg zu machen.

Ich griff in meine Jackentasche und spürte die Pistole, die mir Vincent gegeben hatte, und fühlte mich plötzlich viel sicherer dabei durch die Straßen dieser Stadt zu gehen. In meinem Hotelzimmer lagen nun Koffer gefüllt mit Waffen, Ausrüstung, technischen Geräten und Ordnern voll mit hilfreichen Dokumenten.

Vincent wusste genauso gut wie ich, dass mir die anderen immer einen Schritt voraus waren, aber er wollte trotzdem, dass ich auf möglichst alles gut vorbereitet war.

Für den Job, den ich jetzt erfüllen würde, reichte mir die kleine Pistole in meiner Tasche. Ich fühlte mich zwar nicht *einhundert Prozent* sicher mit diesem kleinen Ding in meiner Hand, aber es konnte mehr ausrichten als das Aussehen vermuten ließ. Und das war in diesem Fall eindeutig mein Vorteil.

Ich lief circa 15 Minuten durch die alte Innenstadt.

Die Häuserfassaden waren zwar alt, aber dafür umso schöner. Mir gefielen die alten Gebäude viel mehr als die Neueren, die die Altstadt umgaben. Deshalb hatte ich schon vor Jahren den Großteil meiner freien Zeit in diesen Gebieten verbracht und kannte wirklich jeden Winkel auswendig.

Dabei war ich damals gar nicht so oft in meiner Freizeit draußen gewesen. Wir hielten es für viel zu gefährlich. Es war so, als würde man sich selbst dem Tiger zum Fraß vorwerfen – und das auch noch freiwillig.

Als ich in eine kleine Nebengasse einbog, konnte ich mein Ziel bereits von einigen hunderten Metern Entfernung sehen.

Es handelte sich um eine kleine, moderne Bar inmitten der alten, teilweise zerfallenen Gebäude.

Sie sah immer noch so aus wie damals. Sie hatte immer noch dieselben hässlichen, verdunkelten Scheiben und dieselbe weiße, elektronische Schiebetür.

Als ich die Bar betrat, wendete man sich von allen Seiten mir zu.

Es war kurz vor Feierabendzeit, aber bereits jetzt saßen schon einige ältere Herren auf den Sofas und tranken ihr drittes Bier. Sie kannten mich nicht und beobachteten mich daher umso genauer. Ich nickte ihnen zur Begrüßung zu und sie wandten sich vorsichtig von mir ab.

Ich ging an die Theke und setzte mich auf einen der hohen Drehstühle. Im nächsten Moment kam ein Mann mittleren Alters aus dem hinteren Raum und stellte sich mir gegenüber hinter die Theke.

Ich schaute ihm direkt in die Augen.

>>Was willst du?<<

Er schaute mich ernst an und ich wusste, dass er mich erkannt hatte. Irgendwie war ich stolz darauf, dass er so schnell wieder wusste, wer ich war, nachdem ich doch so viele Jahre nicht mehr hier gewesen war. Diese Tatsache gab mir die Hoffnung, dass es die nächsten Tage genauso gut weiter gehen würde und dann würde alles perfekt nach Plan laufen.

Ich zog ein Bild aus meiner Hosentasche und sah genau, wie er mich dabei nervös beobachtete. Es machte mir Spaß ihn so nervös zu sehen. Normalerweise war er immer der harte Typ gewesen, der sich nicht aus der Ruhe hat bringen lassen. Aber jetzt, wo ich nach all den Jahren einfach so in seine Bar platzte, hatte er Angst, dass ich ihm Stress machen würde – und genau das würde ich auch.

Ich legte das Bild auf die Theke und schob es zu ihm.

Er setzte seine Brille auf, die vor ihm auf der Theke lag, und schaute, immer noch sichtlich nervös, auf das Foto.

>>Was soll das Morel?<<

Er schaute zu mir hoch und zog eine Augenbraue nach oben. Ich schaute ihn nur an, also nickte er hinter sich zu der Tür.

Ich lief hinter die Theke und folgte ihm.

Wir gingen eine Treppe nach oben und einen langen, staubigen Flur entlang. Er öffnete eine alte, knarrende Tür und zeigte auf einen Stuhl. Vor dem Stuhl befand sich ein Schreibtisch und dahinter ein weiterer Stuhl, auf den er sich setzte. Er atmete tief aus und ließ sich in den Stuhl sinken, ließ jedoch keine Sekunde seinen Blick von mir ab.

>>Noch einmal Morel: Was willst du von mir?<<

Er wirkte immer noch nervös und hatte ein leichtes Zittern in seiner Stimme. Ich genoss es einen Menschen, der eigentlich sichtlich über mir stand, so kleinzukriegen. Ich genoss es ihn so verzweifelt zu sehen. Jetzt kam das Karma für all die Dinge zurück, die er jemals Menschen angetan hatte.

Meine Vergangenheit holte mich ein. All die Erinnerungen drangen nach und nach in meinen Kopf zurück. Ich verspürte eine ungeheure Lust darauf für Gerechtigkeit zu sorgen. Und jetzt war es soweit, dass ich einigen Menschen die Strafe geben würde, die sie verdient hatten.

>>Hast du sie schon einmal gesehen?<<

Ich zeigte auf das Bild, dass er immer noch in der Hand hielt.

Er blickte wieder nach unten und schaute sich das Familienfoto genauer an.

>>Nein.<<

Er schaute mir direkt in die Augen.

Ich schaute zurück und hielt den Augenkontakt einige Sekunden. Dann fing ich an mit Lachen und schaute aus dem Fenster.

Das machte ihn noch nervöser.

>>Was ist so lustig?<<

>>Ich weiß, dass du lügst.<<

Jetzt schaute ich ihm wieder ernst in die Augen und er schreckte in seinen Stuhl zurück.

>>Wo sind sie?<<

>>Ich weiß es nicht.<<

Aber er wusste es. Ich merkte, wie sich die Verzweiflung in ihm ausbreitete. Genauso sehr wie ich wusste, dass er mich belog, wusste er auch, dass er gerade seine letzten Atemzüge tätigte.

>>Ist es dir das wirklich wert?<<

Ich fragte ihn, nur um ihm noch eine letzte Chance zu geben sich für das Leben zu entscheiden.

Wahrscheinlich wusste er, dass er sowieso sterben würde. Entweder würde ich es sein oder die Menschen für die er inzwischen arbeitete. Er hatte sich eines Tages den falschen Menschen angeschlossen und seitdem bereute er insgeheim selber jeden einzelnen Tag, den er noch weiter in dieser Welt lebte.

Und ja, es war es ihm wert von mir getötet zu werden, nur damit die Wahrheit verborgen blieb und sein Boss ihn nicht tötete. Lieber von mir erschossen, als von seinem ‚Arbeitgeber' zu Tode gequält zu werden.

>>War schön mit dir zu verhandeln.<<

Im nächsten Moment stand ich auf, zog dabei die Pistole aus meiner Tasche und schoss ihm direkt in den Kopf. Seine Augen wurden groß und schon berührte die Kugel seine Stirn.

Das Innere des Kopfes spritzte nach hinten gegen die weiße Wand und sein lebloser Körper kippte vom Stuhl. Die Blutspritzer hatten auch mein Gesicht und meine Kleidung getroffen. Überall war Blut verteilt; es tropfte von der Decke und floss langsam an der Wand nach unten, bis es auf dem Boden ankam und vom Teppich eingesogen wurde.

>>Widerlich.<<

Ich holte ein Tuch aus meiner anderen Tasche und versuchte mich ein bisschen sauberzumachen.

Ich war stolz darauf, wie zielsicher ich nach der ganzen Zeit noch war. Ich hatte ihn genau in der Mitte der Stirn getroffen.

Ich ging zu seiner Leiche und griff in eine Innentasche seines Jacketts. Ich zog ein Portemonnaie heraus und suchte nach seinem Ausweis.

Danach kramte ich in den Schubladen seines Schreibtischs herum, um Kontaktdaten zu den Menschen zu finden, für deren Leben er gerade gestorben war. Ich wurde fündig und steckte alles, was mir weiterhelfen konnte, in meine Jackentasche.

Als ich die Bar über eine Hintertür verließ, suchte ich mir kleine, verlassene Straßen, durch die ich möglichst schnell wieder in mein Hotel kam, ohne große Aufmerksamkeit auf mich zu ziehen.

Irgendwie empfand ich eine Art Stolz. Alles war so schnell und reibungslos verlaufen, besser und vor Allem leichter, als ich es mir je hätte vorstellen können.

Ich atmete die frische Luft ein und war froh über das kleine Stück Gerechtigkeit, dass ich in die Welt gebracht hatte, auch wenn er nur derjenige war, der die Befehle ausführte. Ich wusste, dass ich diese Nacht besonders gut schlafen könnte.

Nachdem ich mich wieder in mein Hotelzimmer geschlichen hatte, ohne von jemandem gesehen zu werden, ging ich sofort duschen, um das Blut von mir abzuwaschen.

Danach weichte ich meine Kleidung ein und hoffte, dass die Blutflecken wieder herausgehen würden.

Ich legte mich auf mein Bett und starrte an die Decke. Bis jetzt war alles perfekt nach Plan gelaufen. Wenn ich weiter so gut die Fassung behielt und einfach nur meinen Job machte, würde es am Ende gar nicht auffallen, dass es im Nachhinein einige Menschen weniger auf der Welt gab.

Ich hatte nur diese Aufgabe: Liams Familie finden.

Ich setzte mich auf und schaltete den Fernseher ein, doch fand kein spannendes Programm. Die Nachrichten verbreiteten ihre typischen Lügen und die restlichen Shows waren auch nicht wirklich amüsant. Comedy war eben auch nicht mehr dasselbe wie früher.

Am Ende landete ich auf einer Dokumentation über die am besten versteckten und damit auch am wenigsten erforschten Lebewesen der Tiefsee.

Irgendwie entdeckte ich mich in diesen Tieren wieder. Sie lebten ganz dort unten, alleine, nur unter sich und von keinem Menschen erfasst.

Sie besaßen Tausende von Geheimnissen, die wir niemals erfahren würden. Sie hatten nur sich, waren ganz auf sich allein gestellt. Sie kämpften um ihre Nahrung, pflanzten sich fort und lebten ihr eintöniges, meist auch nur kurzes Leben.

Der einzige Unterschied zwischen diesen Tieren und mir war, dass ich von der Welt „oben" wusste. Ich wusste von den anderen Menschen, von der Umwelt. Ich saß täglich vor den Nachrichten und sah die Welt dort draußen. Ich hatte nicht viel mit ihr zu tun, war auf keinen Social Media Seiten angemeldet oder interessierte mich für irgendwelche Promis.

Ich hielt mich aus all diesen Dingen raus. Den einzigen Kontakt zu dieser Außenwelt hatte ich durch meine Patienten, für die ich gerade nicht da sein konnte.

Schon nach einigen Minuten merkte ich, wie ich immer und immer müder wurde und sich meine Augen immer weiter schlossen. Mit der Zeit fiel es mir immer schwerer meine Augen offenzuhalten.

Heute hatte ich viele verschiedene Eindrücke gewonnen, so viele Dinge gesehen, Menschen getroffen und einen Mann ermordet. Das alles waren so viele Reize auf einmal – mein Kopf musste all das erst einmal verarbeiten.

Er musste realisieren, dass das hier Wirklichkeit war und nicht irgendein Traum, in dem ich einfach machen konnte, was ich wollte. Nein, das hier war die reine Realität und ich musste bei vollem Verstand sein.

Und obwohl ich das wusste, fühlte sich all das hier trotzdem irgendwie an wie ein Traum. Ich sah all diese Gesichter, die Häuser, diese wunderschöne Stadt mit all ihren bunten Fassetten. Ich roch das frische Brot an der Bäckerei, den abfallenden Putz der Häuser in den kleinen Gassen, das nasse Gras im Park. Ich spürte den kühlen Wind auf meiner Haut, das Adrenalin, das meinen Körper durchzog und das Blut, das an meinen Händen klebte. Ich schmeckte den heißen Kaffee, den fruchtigen Tee, das sprudelnde Wasser, das meinen Rachen hinunterglitt. Ich hörte die Kinder laut in den

Straßen spielen, die Motoren der Autos und den lauten Knall, als ich die Pistole abfeuerte.

Ich fühlte mich so lebendig und doch so tot.

Aber warum?

Ich merkte, wie mein Kopf begann zu schmerzen. Das war wohl wirklich zu viel auf einmal. So viele neue Erfahrungen, so viele Gedanken und Sorgen. Mein Kopf brauchte eine Pause.

Ich versuchte an meinen Gedanken festzuhalten, doch merkte, wie ich sie nach und nach verlor. Ich konnte sie nicht mehr greifen und konnte nur dabei zusehen, wie sie in den Weiten meiner Gedankenwelt verschwanden.

Ich wollte dagegen ankämpfen, doch meine Augen fielen bereits zu. Ich war erschöpft.

Irgendwann gab ich den Kampf gegen die Müdigkeit auf.

03:47 Uhr - 02.06.

Ich fühlte mich so leicht wie eine Feder und schwebte langsam durch den Raum. Alles war so verbleicht, wie eine weit entfernte Erinnerung, die ich durchlebte. Es dauerte einige Weile bis mein Unterbewusstsein bemerkte, dass ich mich in meinem Haus befand.

Ich schwebte über den Flur. In mir kam die Erinnerung hoch, dass meine Frau unser gemeinsames Kind ins Bett gebracht hatte.

Ich schaute in das Wohnzimmer. Da saß sie – meine wunderschöne Frau. Ihre langen Haare lagen über ihrer Schulter und ihre gebräunte Haut glänzte im Licht des Fernsehers.

Ich war schon vor einiger Zeit von meiner Arbeit aus Russland zurück gekehrt. Wir waren verheiratet, hatten ein Haus gebaut, ein Kind bekommen. Wir waren so unfassbar glücklich.

Nach all den Dingen, die ich in meiner Kindheit und Jugend erlebt hatte, war ich nun im reinsten Paradies auf Erden gelandet.

In Russland hatte ich Menschen getötet, Menschen verloren. Es war, als hätte ich einen Krieg gegen mich selber geführt. Als ich zurückkam, war mein einziger Wunsch der Selbstmord. Es war mein letzter Ausweg aus all dem Schmerz und Leid, das ich empfunden hatte.

Doch als ich wieder bei Celeste war, wendete sich das Blatt. Von mir aus hätte ich an ihrer Seite für immer leben können.

Es wäre mir egal gewesen, wie hart und unfair das Leben hätte sein können.

Ich hätte alles getan für diese Frau und ich hätte alles dafür getan, dass wir beide für eine lange Zeit hätten zusammen leben können.

Ich wollte sie glücklich an meiner Seite sehen. Zusammen mit unserem perfekten Sohn – und das nächste Kind war bereits in Planung. Wir beide hatten so wundervolle Pläne für die Zukunft gehabt. Wir hatten Reisen geplant, Renovierungen im Ausblick. Wir wollten unsere größten Träume erfüllen und nichts im Leben bereuen – alles zusammen.

Ich starrte Celeste an.

Sie drehte sich mit einem breiten Lächeln auf dem Gesicht um.

>>Hey ba-<<

Ihre Stimme verstummte. Sie schaute mich mit großen Augen an. Das Lächeln war verschwunden und sie wurde blass im Gesicht.

Plötzlich saß sie nicht mehr entspannt und fröhlich auf dem Sofa und schaute ihren Film.

Ihre langen Haare fielen hinter der Sofalehne herunter. Ihre roten Lippen waren aufeinandergepresst. Ich sah, wie sich ihre Augen mit Flüssigkeit füllten. Sie war angespannt und ich sah ihr an, wie es in ihrem Kopf ratterte.

Ich ging einen Schritt auf sie zu.

Sie sprang von dem Sofa auf und gab sich jede Mühe nicht zusammenzubrechen. Ihr ganzer Körper zitterte, sie brach in Tränen aus und hielt ihre Hände vor ihren

Mund.

>>Scha- He-<<

Sie konnte kein einziges Wort von sich geben.

Ich legte Finn auf den Boden.

Das Blut lief meine Arme herunter, auf denen ich Finn vorher getragen hatte, und tropfte von meinen Fingerspitzen auf den Teppich.

Celeste stützte sich an der seitlichen Couchlehne.

Ich ging einige Schritte zurück und betrachtete unglaubwürdig meine Hände. ‚So viel Blut', dachte ich.

>>Finn!<<

Ich sah Celeste dabei zu, wie sie zu unserem Sohn rannte und nach seinem Puls suchte.

>>Nein!<<

Verzweifelt hielt sie ihre Finger an seinen Hals und an sein Handgelenk. Sie legte ihre Hand auf seinen Oberkörper.

>>Nein! Nein! Nein!<<

Sie schrie hysterisch, legte ihren Kopf auf Finns Oberkörper und ignorierte die Tatsache, dass sie gerade dabei war Finns Blut auf ihrem neuen, weißen Nachthemd zu verteilen.

Ich beobachtete sie dabei, wie sie schrie und weinte und fest die Hand ihres Sohnes hielt.

Irgendwann schaute sie zu mir hoch.

Ich stand immer noch unbeteiligt an derselben Stelle im Türrahmen. Mein Blick war leer und mein Mund leicht offen.

Celeste hielt inne und sah mich einfach nur an. Ihre Augen waren rot, genauso wie ihr Gesicht. Sie war voller Blut und ich sah ihr den Herzschmerz an, den sie gerade verspürte.

Ihr Herz war soeben in tausende kleine Teile zerbrochen. Die Tränen liefen ihre Wange runter. Sie wollte etwas sagen, doch wusste nicht was.

Der ganze Teppich hatte sich bereits mit Blut gefüllt.

Dann auf einmal legte sich ein Schalter in ihrem Kopf um und sie wurde wütend. Sie schrie mich an.

>>DU MONSTER!!!<<

Sie stand auf und wollte auf mich losgehen. Doch genau in diesem Moment zog ich eine Pistole aus meiner hinteren Hosentasche und schoss ihr in den Oberkörper.

Sie stoppte und hielt sich ihre Hände auf die Stelle, an der sie gerade eine Kugel durchbohrt hatte. Ich sah, wie sich ihr Mund mit Blut füllte und sie begann nach Luft zu ringen. Alles ging so schnell. Sie schaute auf das Blut in ihrer Hand, dann wieder nach oben zu mir und schaute mir direkt in die Augen. Die letzte Träne lief über ihre rosane, weiche Haut, ihre Augen rollten sich nach hinten und dann fiel sie um.

Ich wachte auf und schreckte nach oben.

Ich hatte mich nie an diesen Moment erinnern können – so als wäre es nie passiert.

Ich hatte mir immer gewünscht, dass ich mich hätte erinnern können.

Jetzt wollte ich nur noch vergessen.

Im Hotelzimmer war es kalt, als ich wieder aufwachte. Meine Nacht war grausam gewesen. Nach meinem Traum war ich immer wieder schweißgebadet aufgewacht und konnte oft lange nicht wieder einschlafen. Als ich diesmal aufwachte, gab ich schlicht auf.

Mein Kopf brummte und ich bekam diese Bilder nicht mehr von meinem inneren Auge fort.

Ich stand auf und ging ins Bad. Im Spiegel sah ich nicht mehr mich. Ich sah nur dieses Monster in mir, dass meinen Sohn und meine Frau ermordet hatte.

>>Ich hasse dich.<<

Ich flüsterte mir selber zu und das kam mir absolut dämlich vor.

Ich wusste, dass es kein Zurück mehr gab. Wenn ich selber bereits von diesen verborgenen Erinnerungen dieses Monsters träumte, dann würde es nicht mehr lange dauern bis ich wieder dieses Monster war.

Finn war zu Hause bei Mary.

Alles war gut.

Ja, ja verdammt, er war nicht Finn, aber doch, er war Finn. Ich hatte es mir so viele Jahre eingeredet und jeder hatte es geglaubt. Irgendwann fing ich an es selber zu glauben, bis ich vergaß, dass er nicht Finn war.

Ich merkte, wie ich begann mich selber in die Opferrolle zu stellen, aber das war falsch. Es war meine eigene Schuld, dass all das passiert war.

Alle Entscheidungen, die ich jemals in meinem Leben getroffen hatte, hatten mich zu diesem Punkt geführt. Zu diesem Punkt, an dem ich mich selber nicht mehr kontrollieren konnte. Zu dem Punkt, an dem ich das verlor, was mir das Wichtigste und meist Geliebte auf der ganzen Welt war; meine Familie.

Jetzt war es zu spät.

Das Karma kam auf mich zurück.

Meine ganze, so sorgfältig aufgebaute Vergangenheit zerbrach in sich zusammen.

Ich hatte meine Entscheidung gefällt. Jeder Moment, jede Bewegung, jeder Schritt, hatte mich an diesen Ort geführt und ich war zu weit gekommen, um jetzt aufzugeben. Ich musste weitermachen, wieder einen Schritt vorwärtsgehen und wieder eine Entscheidung treffen.

Also ging ich duschen und zog mir neue Sachen an.

Dann setzte ich mich wieder auf mein Bett und betrachtete die ganzen Papiere, die ich mitgenommen hatte.

Ich musste diesen Traum vergessen, musste ausblenden, wie mein Kartenhaus in sich zusammenfiel.

Ich las mir die vielen Namen durch, die ich auf den Papieren finden konnte. Von einigen wusste ich, dass sie nichts mit der Sache zu tun hatten, doch ein Name fiel mir besonders ins Auge.

Er war genauso alt wie ich, doch er war nie aus Russland zurückgekehrt. Nachdem die meisten unseresgleichen in ihr Heimatland zurückgeflogen waren, hatte auch ich mich für die Reise nach Hause eintragen lassen. Doch er entschied sich dagegen.

Das Morden hatte ihn fest in der Hand. Er war süchtig nach den Waffen, nach dem Messer, mit dem er dem Teufel höchstpersönlich langsam die Kehle aufschneiden konnte. Er war süchtig nach dem Adrenalin und der Rachelust.

Kurz nachdem ich zu Hause angekommen war, erfuhr ich von seinem Tod, doch Vincent erzählte mir, dass er seinen Tod nur vorgetäuscht hatte, um weiterhin jahrelang unentdeckt schmutzige Geschäfte betreiben zu können. Er hatte sich der anderen Seite zugewandt.

Manchmal hatte ich es bereut, dass ich gegangen war. Wer weiß, was ich noch hätte erreichen können.

Ich wusste, dass sie mich seit meiner Abreise immer beobachtet hatten. Am Anfang war es eine krankhafte Verfolgungsjagd, doch irgendwann ließ das Interesse an mir nach. Ich war nicht mehr wichtig für sie. Sie wussten, dass ich sie nicht verraten würde, und sie wussten auch, dass ich fleißig dabei war meine eigene Vergangenheit zu vergessen.

Irgendwie war die Vorstellung falsch jemanden zu ermorden, der früher noch an meiner Seite gekämpft hat. Jemanden, der sein Leben für mich gegeben hätte.

Doch heute war alles anders.

Er war auf der falschen Seite gelandet und es war Zeit, dass er begann die Verantwortung und die Konsequenzen für sein Handeln zu tragen.

Also schnappte ich mir meine Jacke und lief los.

Wieder fand ich den Weg in die alte, verdreckte Gasse und beobachtete meine Umgebung ganz genau bevor ich durch die offene Tür und die Treppen nach oben ging.

Ich musste nun genau aufpassen, dass ich von niemandem verfolgt oder beobachtet wurde. Ich wusste nicht, ob sie bereits von mir wussten oder vielleicht jemanden anderen im Visier hatten, doch ich musste behutsam sein, damit ich mich nicht selber verriet.

Als ich vor Vincents Tür stand, klopfte ich vorsichtig. Ich hörte Schritte in der Wohnung und nur wenige Sekunden später, öffnete mir ein grimmiger Vincent die Tür.

Als er mich sah, veränderte sich sein genervter Gesichtsausdruck in ein breites Lächeln.

>>Morel. Komm rein.<<

>>Hallo Vincent.<<

Ich folgte ihm durch den Flur.

>>Setz dich.<<

Im Wohnzimmer zeigte er auf einen Stuhl. Er selber setzte sich auf das Sofa und trank seinen Tee weiter.

>>Und? Schon was gefunden?<<

>>Ich war unterwegs und habe jemandem einen Besuch abgestattet. Ich bin auf einige interessante Namen gestoßen und dieser hört sich vielversprechend an.<<

Ich stand auf und gab ihm einen Zettel, auf den ich den Namen und die beistehenden Nummern aufgeschrieben hatte.

Vincent wusste sofort, um wen es sich dabei handelte und lehnte sich lächelnd zurück.

>>Das könnte eine heiße Spur sein Morel.<<

>>Ja, aber leider waren nur die Nummern dabei. Das hilft mir nicht weiter. Ich brauche eine Adresse.<<

>>Das ist kein Problem. Ich setz meinen Profi darauf an.<<

Ich wusste, dass ich mich auf ihn verlassen konnte.

>>Gibt es von ihm schon weitere Neuigkeiten?<<

>>Nicht viel. Er hat ganz grob mit den wichtigsten und bekanntesten Personen im Menschenhandel angefangen. Deine Familie war bis jetzt noch nicht dabei, aber er leistet gute Arbeit.<<

>>Dann müsste er ihm schon auf der Spur sein.<<

Ich zeigte auf den Zettel, den ich ihm gerade gegeben hatte.

>>Sicherlich. Er wird bestimmt eine Adresse für dich haben.<<

>>Danke Vincent.<<

Ich blieb noch einige Zeit bei ihm und wir unterhielten uns über die guten, alten Zeiten. Ich erzählte ihm von dem perfekten Leben, das ich mir so lange hart aufgebaut hatte. Ich erzählte ihm nicht von meinem Traum diese Nacht. Am liebsten wollte ich wieder in dieses perfekte Leben mit einer ausgedachten Wahrheit zurück, doch das war jetzt nicht mehr möglich.

Jetzt, da ich die Erinnerung in meinem Kopf hatte, und minutenweise diese Bilder in mir aufblitzten, konnte ich nicht mehr einfach nur zurück und weiterleben.

Um die Mittagszeit rum, verließ ich Vincent wieder und ging zurück in mein Hotel.

Als ich meine Zimmertür öffnete, fiel mir ein Blatt Papier auf, das auf dem Boden lag. Ich drehte mich um und schaute noch einmal in den Gang, aber da war niemand.

Ich ging in mein Zimmer, schloss ordentlich ab, nahm das Papier in die Hand und setzte mich auf den Bettrand.

Was ist, wenn sie mich doch schon entdeckt hatten? Waren sie hinter mir her? Hatte man mich verfolgt?

Vorsichtig öffnete ich das gefaltete Blatt. Darauf standen eine Adresse und der Name, den ich eben noch Vincent gezeigt hatte.

Sein Profi war gut. Er hatte mir meine nötige Information innerhalb weniger Stunden direkt zukommen lassen. Ich war froh darüber, dass ich so jemanden an meiner Seite hatte.

Noch bevor ich mir zu viele Gedanken machen konnte, verließ ich das Hotel wieder und lief zu der Adresse.

Die Straßen waren mittags ein wenig mehr gefüllt, weil viele sich jetzt ihr Mittagessen holten.

Ich sah die vielen Menschen umherlaufen und dachte darüber nach, wie sie alle ein wunderschönes Leben lebten. Ich sah glückliche Väter und glückliche Mütter mit ihren leiblichen Söhnen und wünschte mich in eine Zeit zurück, in der ich das alles auch besaß.

Ich erwischte mich dabei, wie ich anfing zu träumen. Ich träumte mich in mein perfektes Leben zurück. Wieder sah ich Celeste mit ihren wunderschönen, glänzenden Augen vor mir. Und wieder sah ich Finn mit seinen goldenen Haaren.

Ich durfte jetzt nicht träumen.

Diese Bilder zu sehen, brach mir nur noch mehr das Herz. Ich musste den emotionalen Schalter für einige Tage umlegen. Ich musste mich voll und ganz auf meine Arbeit konzentrieren. Nur ein einziger kleiner Fehler könnte mir den Tod bedeuten.

Das Haus war leicht zu finden. Es war ein ausgefallener Neubau, umgeben von alten, halb zerfallen Häusern und Ruinen.

Nun bestätigte sich mein Verdacht, dass er aktiv in illegalen Geschäften war, sonst wäre er nie an das Geld herangekommen. Ein teurer Luxuswagen stand in der Einfahrt, also war er vermutlich im Haus.

Ich machte mit mir selber aus, dass ich erst einmal passiv handeln würde. Das bedeutete, ich würde nicht einfach wie ein Idiot in sein Haus stürmen, sondern würde ihn erst einmal beobachten.

Also saß ich dort hinter einigen Büschen und wartete darauf, dass irgendetwas passierte.

In meiner Wartezeit musste ich mich darauf konzentrieren nicht zu viel über sinnlose Dinge nachzudenken, sondern bei der Sache zu bleiben. Je mehr ich nachdachte, desto schlimmer machte ich alles, also versuchte ich möglichst ruhig zu bleiben. Ich machte hier nur meinen Job und bisher machte ich das gut.

Anstatt über mich nachzudenken, dachte ich nun wieder über Liam nach. Und auf einmal fing ich an mich zu fragen, woher er von Russland wusste.

Ja, er hatte die Männer gesehen und eindeutig auch das Tattoo, aber woher konnte er sich so ein scheinbar unwichtiges Detail in so einer Situation so gut merken. Woher wusste er, was dieses Symbol hieß? So etwas wusste man nicht einfach; das war kein Allgemeinwissen. Ja, vielleicht wussten es einige, aber ein 17-Jähriger junger Mann, der doch scheinbar ein ruhiger, lieber, unschuldiger Junge war? Nein, das kam mir unwahrscheinlich vor.

Während ich mir meinen Kopf darüber zerbrach, woher Liam von Russland wusste, öffnete sich die Eingangstür des Hauses und ein schwarz gekleideter Mann mit einer dunklen Sonnenbrille und nach hinten gegelten Haaren lief den kleinen Steinweg Richtung Straße und von dort aus in Richtung Innenstadt.

Ich versuchte ihm möglichst unauffällig hinterherzulaufen. Manchmal bog ich in eine andere Gasse ein, die wieder in der Straße mündete, in der er gerade lief. Wenn er weiter vor mir abbog, bog ich in eine Gasse ein, die auf die andere Seite der Häuserreihe führte.

Als er in den großen Park im Zentrum der Stadt einbog, versuchte ich mich abwechselnd hinter den Bäumen zu verstecken oder wie ein normaler Spaziergänger auszusehen.

Irgendwann blieb er auf einer kleinen Holzbrücke stehen, die über den kleinen Bach führte. Ich hockte mich in einen Busch hinter einer großen Eiche und beobachtete ihn. Nur einige Sekunden später kam jemand zu ihm.

Er war ebenfalls in komplett schwarz angezogen. Sie gaben sich die Hand und danach gingen sie wieder getrennte Wege.

Die zweite Person lief in meine Richtung. Ich überlegte; ich musste schnell handeln.

Als er bei mir war, zog ich ihn zu dem Baum, an dem ich mich versteckt hatte, und hielt meine Hand vor seinen Mund. Als er begann sich zu wehren, umschlangen meine Arme automatisch seinen Hals und rückten fest nach hinten, bis es knackte und die Person auf einmal nur noch wie Wackelpudding in meinen Armen lag.

>>Na super.<<

Das war eigentlich nicht geplant gewesen, doch jetzt war es zu spät. Ich zog den Mann mit mir in den Busch und versteckte mich dort mit der Leiche.

Ich schaute mich um, niemand war in der Nähe. Glück gehabt, niemand hatte es gesehen.

Ich durchsuchte ihn nach irgendwelchen Zetteln mit Informationen, doch wurde nicht fündig.

Es hatte sich also nur um Drogen gehandelt. Bei dem Händedruck waren einfach nur ein paar Drogen über den Tisch gegangen. Und deshalb musste dieser Mann, der jetzt hier mit mir zwischen den Büschen lag, sterben.

Ich schaute meine eigenen Arme an.

>>War das wirklich ich gewesen? Wie war das passiert?<<

Es fühlte sich an, als wäre ich eben erst wieder zu mir gekommen. Ich schaute auf die Leiche unter mir und auf einmal war es so, als wäre ich wieder ich. Es fühlte sich an, als wäre ich eben gar nicht anwesend gewesen, als hätte ich mich selber verdrängt.

Na toll, inzwischen wusste ich nicht einmal mehr, wer ich war.

Ich kroch schnell aus dem Busch und lief los. Meine Schritte waren schnell. Ich merkte, wie mein Puls stieg. Mein Herz raste, mir wurde auf einmal extrem heiß und ich musste mich zusammenreißen, um nicht in Panik und Tränen auszubrechen.

Es erinnerte mich wieder an den Moment, als ich damals zu mir gekommen war und meine tote Frau und meinen toten Sohn auf dem Teppich hatte liegen sehen.

Ich hatte damals vorgehabt mich umzubringen, weil ich diesen Herzschmerz nicht ertragen konnte, doch das Monster in mir hielt mich davon ab.

Es fühlte sich so an, als würden mich alle Menschen auf der Straße anschauen, als würden sie es wissen. Dabei wusste es niemand. Niemand schaute mich an. Alle waren mit sich selber beschäftigt. Ich war niemandem aufgefallen.

Ich versuchte langsam zu atmen. Tief einatmen und wieder tief ausatmen. Doch nichts half. Die ersten Schweißtränen kullerten meine Stirn herunter und ich lief noch schneller, rannte schon fast.

Als ich endlich im Hotel ankam, sprintete ich die Treppen nach oben, anstatt auf einen Fahrstuhl zu warten.

Ich war mit Energie gefüllt und gleichzeitig waren meine Knie zittrig und mein Körper vollkommen erschöpft.

Ich betrat mein Hotelzimmer und ließ mich auf mein Bett fallen.

Sonst hatte es mir nichts ausgemacht jemanden zu töten, der der Mafia angehört hatte. Ich hatte es einfach hingenommen, dass es passiert war, und hatte es für fair empfunden, dass diese schlechten Menschen ihre Strafe bekamen. Es war einfach nur das Karma, das auf sie traf.

Aber soeben hatte ich jemanden unschuldigen umgebracht.

Jemanden völlig Fremden.

In nur einigen Millisekunden war er auf einmal tot gewesen und lag in meinen Armen.

Ich stellte mir vor, wie er einfach nur zu seinem örtlichen und besten Drogendealer gegangen war und jetzt auf einmal war er tot. Vielleicht hatte er Familie – eine Frau und Kinder. Vielleicht hatte er seine Eltern, um die er sich sorgen musste.

Ich verheddere mich immer mehr in meinen Gedanken und irgendwann wurde es plötzlich ganz ruhig um mich herum.

Ich hatte mich wieder beruhigt. Mir war nicht mehr so heiß, mein Herzrasen hatte gestoppt und ich konnte wieder klar denken. Ich atmete tief aus und versank noch mehr in meinem weichen Bett.

>>Okay.<<

Jetzt stellte sich mir das nächste Problem. Der Typ, von dem ich dachte, dass er die heiße Spur wäre, war doch nur ein Drogendealer. Aber konnte man durch Drogen so viel Geld machen? Ich wusste es nicht.

Ich wusste von vielen schmutzigen Geschäften, doch im Drogenbusiness war ich absolut hilflos. Vielleicht war er sowohl im Menschenhandel, als auch im Drogengeschäft tätig. Das wäre nicht unwahrscheinlich. Nur ein Geschäft wäre vermutlich viel zu langweilig.

Im Moment wollte ich mir keine Gedanken darum machen.

Ich bestellte per Telefon ein, zugegeben verspätetes, Mittagessen bei der Rezeption und wenige Minuten später genoss ich es bei einem wunderschönen Ausblick auf die Stadt.

Ich würde das schaffen. Selbst, wenn ich jetzt auf eine Sackgasse getroffen war, war das doch noch lange nicht das Ende.

Doch zunächst würde ich erst herausfinden, ob er wirklich eine Sackgasse war.

Ich würde noch einmal zu ihm gehen und ihn noch einmal beobachten. Irgendetwas in mir wusste, dass ich recht hatte und dass mein Ziel gar nicht mehr so weit von mir entfernt war.

Und selbst, wenn er doch nur eine Sackgasse war, würde er mich vielleicht endlich auf die richtige Spur führen.

Doch noch viel wichtiger, als diese ganzen Spuren und Sackgassen, war meine mentale Situation. Ich musste auf mich selber aufpassen; aufpassen, dass ich in keinem Moment die Kontrolle verlor.

Ich musste aufpassen, dass ich nicht noch einmal grundlos in das Leben einer unschuldigen Person eingriff, indem ich ihn einfach so tötete. Am Ende würde ich mich durch solche dummen, unüberlegten

Vorfälle noch in echte Schwierigkeiten bringen. Obwohl ich so oder so für alles, was ich hier gerade tat, einen riesigen Ärger bekommen würde.

Doch für solche Sorgen hatte ich gerade keine Zeit. Und letztendlich war es mir wert ‚Konsequenzen‘ für mein Handeln zu tragen, wenn ich dafür Liams Familie retten konnte.

Ich wollte auch weiterhin nicht glauben, dass meine heiße Spur nur eine Sackgasse war, also ging ich abends wieder zu der Adresse.

Ich saß einige Minuten im Gebüsch und betrachtete das Haus und den Vorgarten genauer. Alles war so makellos und gepflegt sauber. Alles so war so perfekt – zu perfekt. Natürlich wollte er nicht verstecken, wie viel Geld er besaß und irgendwie war es auch ein Ausdruck von Macht und Wohlstand, den er nach außen ausstrahlen wollte.

Schon nach kurzer Zeit trat er aus der Haustür heraus und lief zu seiner Einfahrt. Er und noch ein weiterer, breit gebauter Mann stiegen in den Wagen ein und fuhren los. Beide waren vollständig schwarz gekleidet gewesen.

Sobald sie losfuhren, stieg ich in das nächste Taxi ein, das vorbeifuhr, und gab dem Fahrer an, ich würde zu dem schwarzen Auto, das bereits weiter vorne auf der langen Straße fuhr, gehören.

Wir folgten ihm eine ganze Weile aus der Stadt heraus, bis wir in die Nähe eines Waldes kamen.

Ich sah bereits, wie das Auto vor uns langsamer wurde und den Blinker rechts setzte.

>>Sie können mich hier vorne rauslassen.<<

Ich zeigte auf eine Stelle am Straßenrand. Der Taxifahrer ließ mich genau dort aussteigen. Ich bezahlte ihn, er drehte um und fuhr zurück in die Stadt.

Ich beeilte mich, um den schwarzen Wagen nicht aus

den Augen zu verlieren. Noch war es zu hell und ich konnte mich nicht gut verstecken, also musste ich versuchen genug Abstand zu halten. Sie durften mich nicht sehen, aber ich musste sie sehen.

Vorsichtig bewegte ich mich vorwärts, immer dem Auto hinterher. Ich wusste nicht, wo wir waren. Ich war noch nie so weit von der Stadt entfernt gewesen. Auch wenn man es nicht denken würde, doch die meisten Geschäfte wurden innerhalb der Stadt getrieben oder im nahen Umkreis. Deshalb war ich auch als junger Mann nie ‚weit weg‘ von der Stadt gewesen. Die Stadt war so groß, dass es schon ‚weit weg‘ war, wenn man das Zentrum nur für einige Meter verließ.

Vermutlich hatten die Kontakte hier ihren Standort geändert. Oder sie hatten inzwischen einfach mehr Standorte in dieser Gegend als zuvor. Hier im Wald könnten sie ungestört ihren Handel betreiben, ohne sich viele Sorgen um Polizei etc. machen zu müssen.

Ich kam immer weiter in den Wald hinein und wurde langsam nervös. Inzwischen dachte ich schon, dass man mich entdeckt hatte und mich in eine Falle locken wollte.

Deshalb schaute ich mich ständig in alle Richtungen um, um sicherzugehen, dass niemand ein Überraschungs-Kommando hinter mir platziert hatte.

Doch da war nichts.

Nur ich.

Inzwischen wurde es immer dunkler.

Irgendwann hielt der Wagen. Ich dachte erst, dass er einfach so mitten im Wald halten würde, doch dann blickte ich ein Stück weiter nach oben und sah ein riesiges Industriegelände.

Das Gelände war verlassen, zu einem großen Teil bereits zerfallen. Einen Teil hatte sich die Natur zurückgeholt, ein anderer Teil sah aus, wie gerade erst erbaut.

Natürlich – es war perfekt. Dieser Ort war perfekt für ihre schmutzigen Geschäfte. Egal, ob es nur Drogen waren oder Menschen oder irgendwelche anderen illegalen Aktivitäten. Das hier war das Paradies der örtlichen Mafiaanhänger.

Eine Person stieg aus dem Wagen aus und lief zu dem großen Metalltor herüber. Ein Wächter überprüfte den Ausweis und der Mann stieg wieder ein. Dann wurde das Tor per Hand geöffnet und der Wagen fuhr durch. Ich konnte nicht viel sehen, da das Tor nicht weit geöffnet wurde. Nur ein paar bewaffnete Männer und viele verschiedene teure Autos, die auf dem Gelände herumstanden, konnte ich erkennen.

Ich fühlte mich wie in einem Film.

Ein verlassenes Industriegelände im Wald, bewaffnete Wächter und illegale Geschäfte, die hier im Geheimen getrieben wurden.

Jetzt war mir der Typ, dem ich eben noch so krampfhaft gefolgt war, egal. Ich hatte etwas viel Wertvolleres entdeckt.

Ich musste nur noch herausfinden, wie ich auf das Gelände kam.

Ich war mir nicht einmal sicher, ob ich überhaupt auf das Gelände wollte. Wie sollte ich gegen all diese Menschen ankommen?

Alleine?

Vielleicht sah es auch nur nach außen so aus, als ob viele Menschen auf diesem Gelände waren. Vielleicht war es rein als Täuschung gedacht und man hatte extra einige Wächter an das Tor gestellt, damit es so aussah, als handelte es sich hier um ein gut bewachtes Gelände. Vielleicht waren hier auch nur tagsüber oder während ‚Handelszeiten' mehrere Aufpasser.

Meistens wollte man allerdings nicht viel Aufsehen erregen, sondern einfach nur im Stillen und ungestört seinen Handel betreiben. Weniger Menschen – weniger Probleme um die man sich kümmern musste.

Genau wissen konnte ich das alles allerdings nicht.

Also versuchte ich erst einen klugen Plan zu schmieden. Ich lief den ganzen Weg wieder zurück; kämpfte mich durch den Wald. Inzwischen war es schon dunkel und ich brauchte meine Handytaschenlampe um vorwärtszukommen. Schon auf dem Weg rief ich das Taxiunternehmen von vorhin an.

Ich hatte mir den Namen des Fahrers gemerkt und bestellte ihn genau an dieselbe Stelle, an der er mich vorhin herausgelassen hatte.

Als ich vorne an der Straße ankam, stand das Taxi bereits da.

Ich stieg schnell ein, aus der Angst, dass uns jemand entdecken könnte, und sagte ihm die Straße, in die ich wollte.

Auf der Autofahrt dachte ich viel nach. Ich hatte diesen wichtigen Ort gefunden, wusste nicht, was ich dort überhaupt finden würde und trotzdem sagte mein

Instinkt mir, dass ich Liams Familie sehr nah war. Doch was sollte ich als Nächstes tun?

Natürlich könnte ich einfach auf das Gelände stürmen und alle abschießen, aber in diesem Fall war die einfachste Lösung nicht die Beste, denn damit dieser Plan klappte, musste ich eben auch wirklich *alle alleine* umbringen. Doch wirklich bessere Ideen kamen mir nicht in den Kopf.

Der Taxifahrer bog bereits in meine Zielstraße ein.

Ich bezahlte ihn und stieg aus. Ich wartete, bis das Auto fort fuhr, schaute mich um und öffnete dann die Haustür. Ich lief die Treppen nach oben und klopfte wieder bei Vincent.

Wieder öffnete er mit einem boshaften Gesicht, welches sich sofort in ein Lächeln änderte.

Wieder bat er mich hereinzukommen und mich zu setzen.

>>Es gibt Neuigkeiten.<<

Er stellte seine Tasse ab und schaute mich gespannt an.

>>Ich habe ihn verfolgt und etwas gefunden.<<

Vincent zog eine Augenbraue nach oben.

>>Ein verlassenes Industriegelände in einem Wald nicht allzu weit weg. Das Problem: Sie haben dort einige bewaffnete Männer am Empfang.<<

>>Und du denkst, dass sie dort...<<

Vincent verlangte, dass ich den Satz in Gedanken selber beendete und lehnte sich nach hinten.

Ich nickte.

>>Das klingt viel zu einfach.<<

Ich schaute ihn an.

>>Vinc? Wie hast du es geschafft, dass du nach all den Jahren, die du hier schon lebst, nicht *einmal* von denen bedroht wurdest? Du hast sie verfolgen lassen und doch ist dir nie etwas passiert.<<

Vincent lachte.

>>Sie denken, dass es viel zu einfach wäre, einfach hier rein zu platzen und mich zu erschießen. Sie haben Angst.<<

Ich zog eine Augenbraue nach oben.

>>Ja und genau das denken wir von ihnen.<<

Jetzt verstand er es. Er lehnte sich wieder nach vorne und zog eine ernsthafte Miene auf. Ich sprach weiter.

>>Die wissen, dass wir Angst haben. Die wissen, dass wir denken, dass es viel zu leicht ist. Die wollen, dass wir, wie die Idioten nach etwas suchen, was es gar nicht gibt, weil wir etwas Schweres erwarten.<<

>>Denkst du sie wissen, dass du ihnen gefolgt bist.<<

>>Ich denke sie wissen, dass es jemanden gibt, der sie verfolgt. Deshalb haben sie mich dorthin gebracht – weil sie ganz genau wissen, dass ich es für zu einfach halte.<<

Vincent schaute in die Ferne und dachte nach.

>>Ich verstehe.<<

Er griff zu seiner Tasse und trank vorsichtig einen Schluck.

>>Nun dann Morel. Auf was wartest du?<<

Ich lehnte mich in den Stuhl zurück.

Ich fühlte mich auf einmal wieder wie dieser junge, unerfahrene Mann. Ich fühlte mich wieder bedeutungslos und klein. Ich fühlte mich wieder machtlos.

Die Erinnerungen holten mich wieder ein. Doch ich wollte jetzt nicht mit Vincent darüber reden. Ich wollte auf einmal nur noch in mein Bett und mich ausruhen für einen Moment.

Ich war müde.

>>Danke Vinc.<<

Ich stand auf und ging. Ich merkte, wie Vincent mir verwirrt hinterher schaute, doch ich hatte keine Lust auf Erklärungen.

Ich lief zurück ins Hotel. Als ich mein Hotelzimmer betrat, schloss ich die Tür hinter mir ab.

Ich fühlte mich wie in Trance. Mein Kopf war wie leergefegt und als ich mich auf das Bett fallen ließ, schlief ich sofort ein.

>>Morel? Morel!<<

Ich sah Vincent vor mir. Er hatte seine Hände an meine Schulter gepackt und schrie mich an.

>>Bist du bei mir? Komm!<<

Er stand auf und zog mich nach oben. Mein Kopf brummte und mein Bein schmerzte. Als ich nach unten sah, konnte ich das Blut sehen, dass mir an den Beinen herunter und in meine Schuhe lief.

>>Jetzt komm schon.<<

Vincent zog mich mit sich. Wir waren in einem alten, zerfallenen Gebäude. Auf dem Boden lagen einige Leichen, Waffen und abgebrochene Teile von Wänden herum.

Ich stolperte über die Füße und teilweise auch über die Oberkörper der toten Menschen unter mir. Es waren überwiegend Männer mittleren Alters.

Wir liefen immer weiter durch dieses grausame, schreckliche Blutbad unter unseren Füßen und dann blieben wir vor einer Tür stehen.

Vincent ließ mich los, drehte sich zu mir um und streckte mir eine Waffe entgegen.

>>Los mein Junge.<<

Vincent war circa 20 Jahre älter als. Ich hatte sehr viel Respekt vor ihm. Er war mir wie ein besserer Vater und ich vertraute ihm mein Leben an.

Vincent schubste mich nach vorne und lief dann hinter mir selber durch die Tür. Ich konnte Schüsse hören, Menschen, die schrien, und Männer, die sich zuriefen.

>>Morel!<<

Das war Vincent.

Ich starrte auf die Waffe in meiner Hand und zögerte. Und dann legte sich der Schalter in meinem Kopf um.

Ich entsicherte die Waffe und stürmte tiefer in den Raum. Ich schoss jeden ab, der nicht zu meinem ‚Team' gehörte. Das Blut spritzte mir in mein Gesicht. Alles wurde nass und klebrig und ich bekam Lust auf mehr.

Ich wollte Menschen töten. Egal wie viele Männer ich abschoss, ich konnte den Heißhunger nicht stoppen.

Irgendwann wurde es mir egal, wer vor mir stand; ich schoss auf jeden.

Ich schaltete alles aus und schoss einfach nur noch. Ich sah den Körpern dabei zu, wie sie einfach auf die Seite kippten; einer nach dem anderen. Ich schoss und schoss, ich hörte den Knall des Schusses und sah die Kugeln, die die Körper durchbohrten und zu Boden fielen. Ich konnte nicht mehr stoppen; ich war nicht mehr ich.

Und dann auf einmal ließ ich die Waffe fallen. Alles wurde stumm um mich herum. Ich schaute unglaubwürdig auf meine blutigen Finger.

Ich sah, wie Vincent auf mich zu rannte, mich packte und schüttelte. Ich sah, wie sich sein Mund öffnete und er etwas sagte, aber ich konnte es nicht hören.

Stattdessen schaute ich mich um und sah die ganzen leblosen Körper am Boden liegen. Meine zittrigen Beine gaben nach und ich ließ mich nach unten fallen.

Ich sah das Blut überall, auf dem Boden, auf den Wänden, auf den Körpern und auch auf mir.

Vincent hockte sich vor mich, er winkte mit seiner Hand direkt vor meinen Augen und versuchte verzweifelt irgendwie mit mir zu reden.

Ich hatte meinen Mund offen, doch ich war sprachlos. Ich konnte keinen einzigen Ton zu Stande bringen.

Ich merkte, wie mir eine Träne die Wange herunter kullerte. Erst hatte ich gedacht, es war Blut gewesen, doch meine Sicht verschwamm nach und nach und ich merkte, wie sich meine Augen immer weiter mit Flüssigkeit füllten.

Ich selber fühlte rein gar nichts. Da war nur noch pure Leere.

>>Morel! Wir müssen hier weg! Hast du verstanden? Morel!<<

Ich sah ihn an und starrte einfach nur in seine Augen. Er zog mich nach oben und zerrte mich hinter sich mit. Wir rannten nach draußen zu einem Wagen und er schubste mich auf den Beifahrersitz eines Autos.

Dann setzte er sich auf den Fahrersitz und raste los.

Ich starrte aus dem Fenster auf die Felder, an denen wir vorbeifuhren. Ich versuchte mich zu erinnern, aber es ging nicht. Ich wusste nur noch, wie Morel im Türrahmen stand, und, wie ich kurze Zeit später inmitten dieser Leichen zusammen gebrochen war.

>>War ich das?<<

Ich sprach sehr langsam. Eine weitere Träne kullerte meine Wange herunter.

Vincent schaute auf die Straße und sagte nichts.

>>War ich das?<<

Diesmal schrie ich ihn hysterisch an.

>>Ja. Ja, du warst das.<<

Er schrie zurück.

Ich ließ mich in meinen Sitz fallen und dann fing ich an richtig zu weinen. Ich zog meine Beine nach oben und stellte die Füße auf dem Sitz ab. Ich vergrub meinen Kopf zwischen meinen angewinkelten Beinen und verdeckte ihn zusätzlich mit meinen Armen.

>>Hey, es ist ok Morel.<<

Vincent legte eine Hand auf meinen Rücken.

>>Das ist schon ok.<<

Doch ich wusste, dass nichts okay war. Ich weinte immer weiter.

In Gedanken hatte ich nur die Bilder von den leblosen Körpern vor mir. Das waren meine Freunde gewesen. Die Menschen, die mir immer geholfen hatten.

Und dann wachte ich auf.

Ich schreckte nach oben.

Der Albtraum nahm seinen Lauf. Der Einsatz war der erste gewesen, in dem sich das Monster gezeigt hatte. Vorher wusste ich nicht, dass es existierte und ich wusste erst recht nicht, zu was es in der Lage war.

Auf einmal hatte ich Angst - Angst vor mir selber. Angst vor dem, was kommen würde. Einige Einsätze später war ich aus Russland zurückgekehrt. Vincent hatte mich dazu gezwungen nach Hause zu reisen.

Er war mein bester Freund und hatte Angst um mich gehabt und im Rückblick betrachtet wahrscheinlich auch Angst um sein eigenes Leben.

Ich atmete tief ein und setzte mich hin.

Die Bilder von meinen leblosen Freunden, die überall verteilt auf dem Boden lagen, blieben vor meinem inneren Auge hängen.

Ich verspürte einen ungeheuren Ekel vor mir selbst. Ich fühlte mich wie in einer falschen Haut, fühlte mich verloren in diesem riesigen Chaos.

Ich war allein. Allein in diesem riesigen Hotelzimmer. Allein in meinen dunklen Gedanken. Ich war gefangen in mir selbst und ich kannte keinen Ausweg.

Ich musste es beenden.

Als ich aufstand und zur Tür ging, bemerkte ich einen Zettel, der auf dem Boden vor der Tür lag. Behutsam bückte ich mich und hob den Zettel auf.

Es war ein leeres, weißes Blatt, dachte ich zumindest. Als ich jedoch genauer auf den aufgefalteten Zettel schaute, sprangen mir rote, leuchtende Buchstaben aus der oberen rechten Ecke entgegen.

Ein Drohbrief.

Sie hatten mich also doch bemerkt und jetzt wollten sie mich tot sehen. Sie hatten Angst und deshalb drohten sie mir. Sie hatten Angst, dass ich sie verraten würde oder ihre Geschäfte stören würde. Sie wollten im Stillen ihre Arbeit erledigen, ohne dabei von jemandem Unwichtigen wie mir gestört zu werden.

Ein breites Grinsen breitete sich auf meinem Gesicht auf.

Also hatte ich Recht gehabt: Sie trieben ihre schmutzigen Spielchen auf dem verlassenen Industriegelände.

Wäre es nicht so, hätten sie mir nie gedroht. Ich hatte sie erwischt, deshalb hatten sie mir diesen Zettel geschrieben.

Innerlich jubelte ich und klopfte mir selbst auf die Schulter. Ich hatte wieder einen guten Job erledigt. Wieder einmal war alles nach Plan gelaufen.

Auch, wenn ich nicht wusste, ob ich Liams Familie auf dem Industriegelände finden würde, hatte ich Hoffnung. Noch wussten sie nicht, hinter was genau ich hinterher war, das machte ihnen wahrscheinlich noch größere Sorgen.

Ich wusste, dass ich auf jeden Fall auf dieses Gelände musste und ich wusste auch, wie gefährlich es war. Niemand konnte mir versichern, dass ich erstens fand, nach was ich suchte und zweitens lebendig wieder zurückkam.

Und genau deshalb wusste ich auch, dass es Zeit wurde meiner Familie zu sagen, wie sehr ich sie liebte.

Ich griff mein Handy vom Nachttisch und wählte die Nummer meines Haustelefons.

Finn nahm den Anruf an.

>>Hallo?<<

>>Hallo Finn, hier ist Papa.<<

>>Hallo Papa!<<

Er freute sich darüber von seinem Vater zu hören, nachdem er mich länger nicht mehr gesehen und gehört hatte.

>>Wie geht es dir?<<

>>Gut. Oma und ich spielen jeden Tag Spiele und wir kochen jeden Abend.<<

>>Das klingt sehr gut.<<

>>Wie ist es in Russland Papa?<<

>>Sehr schön. Die Menschen hier sind alle sehr nett und die Stadt sieht wunderschön aus.<<

>>Vielleicht kann ich beim nächsten Mal mit nach Russland?<<

>>Ja, vielleicht.<<

Ich lächelte. Es machte mich glücklich meinen geliebten Sohn zu hören.

>>Wann kommst du wieder zurück?<<

Ich drehte mich um und schaute aus dem Fenster in die Stadt hinein.

>>Ich weiß es noch nicht.<<

Ich klang ein wenig besorgt, wahrscheinlich weil ich nicht wusste, ob wir uns überhaupt irgendwann wiedersehen würden.

>>Okay. Ich gebe das Telefon jetzt Oma.<<

>>Danke. Ich hab dich ganz doll lieb Finn.<<

>>Ich dich auch Papa.<<

Finn gab das Telefon weiter an Mary.

>>Ja? Hallo?<<

>>Hallo Mary.<<

>>Oh hallo! Na, wie geht es dir in Russland?<<

Sie klang aufgeregt und doch entspannt.

>>Gut. Ich...Mache viele Spaziergänge. Die Luft und die Menschen sind hier ganz anders. Und naja... Du weißt; die Arbeit.<<

Ich wusste nicht genau, was ich sagen sollte. Ich wollte ihr nicht die Wahrheit sagen, wollte ihr nicht davon erzählen, wie ich jemanden ermordet hatte.

>>Ja, das glaube ich dir. Wie lange bleibst du noch?<<

Ich machte eine kurze Pause, dachte nach, wie ich es am besten formulieren konnte und atmete dann tief ein.

>>Ehrlich gesagt weiß ich das noch nicht.<<

Jetzt klang ich traurig und besorgter als zuvor. Sie verstand es sofort.

>>Das ist kein Problem. Finn und ich verstehen uns sehr gut und kommen gut zurecht.<<

>>Das ist gut. Ich melde mich wieder, wenn ich etwas Neues weiß. Pass gut auf meinen Sohn auf. Danke Mary.<<

Sie verabschiedete sich und ich legte schnell auf.

Das war es also.

Ich setzte mich wieder auf die Bettkante und starrte an die weiße Wand.

Es waren gerade einmal 3 Tage gewesen, die ich in Russland verbracht hatte und doch hatte sich in dieser kurzen Zeit so viel für mich verändert.

Ich hatte von den Erinnerungen des Monsters geträumt, ich hatte Vincent zurück und war der Mafia auf einfacher Art und Weise auf die Schliche gekommen.

Ich hatte Angst heute Abend wieder schlafen zu gehen.

Von was würde ich diesmal träumen?

Ich wollte nicht wieder Leichen in meinen Träumen sehen. Ich hatte Angst davor. Ich hatte Angst vor jedem weiteren Tag, den ich in dieser Stadt verbringen würde. Ich wusste nicht, was die Reize der Umgebung noch alles in mir auslösen konnten und ich wollte es auch niemals herausfinden.

Inzwischen bereute ich es den Fall von Liam angenommen zu haben und am meisten bereute ich es die Reise nach Russland angetreten zu haben.

Ich hätte das alles niemals tun dürfen.

Als ich noch zu Hause war, war alles perfekt gewesen. Meine Vergangenheit war längst hinter mir und ich hatte mir ein perfektes Leben aus einer kleinen Lüge aufgebaut.

Doch jetzt zerbrach all das in tausende Scherben.

Alles, was ich mir über die Jahre so sorgfältig aufgebaut hatte, zerbrach nach und nach und ich kannte keinen Weg, der zurück in das Leben führte, dass ich zuletzt gelebt hatte.

Ich verzweifelte an meinen Sorgen und Gedanken und ich wollte eigentlich nur noch alles zu Ende bringen. Ich wollte nur noch Liams Familie finden und für Gerechtigkeit sorgen. Ich wollte Liam aus der Klinik holen und wieder zusammen mit meinem Sohn leben und glücklich sein. Ich wollte wieder in meinem weichen Bett schlafen und von einem blauen, in der Sonne glänzenden Meer und einem wunderschönen Strand träumen.

Und deshalb begann ich nun zu planen. Ich brauchte die perfekte Vorgehensweise, sonst hätte ich keine Chance.

Die Idee war bereits seit Stunden fest in meinem Kopf verankert, doch der genaue Plan erforderte eine gute Planung, einen klaren Kopf und ein sorgfältig bedachtes Handeln.

Ich setzte zum Schuss an und beobachtete, wie die Kugel losflog und direkt in seinem Hals landete. Ohne einen Ton von sich geben, fiel der leblose Körper sofort zur Seite und landete mit voller Wucht auf dem harten Betonboden.

Das Blut schoss auf den Beton und verteilte sich darauf in alle Richtungen.

Dann der zweite Schuss.

Und wieder sah ich dabei zu, wie der leblose Körper in Windeseile auf die Seite flog und mit dem Kopf auf dem Tor aufschlug.

Ich war darauf vorbereitet, dass nun einige weitere bewaffnete Männer an das Tor gerannt kamen, doch da war niemand.

Also tastete ich mich langsam vor. Alles musste jetzt besonders schnell gehen.

Entweder waren es wirklich die einzigen Wächter gewesen, die nur als Abschreckung dienten, oder es war eine Falle und eine ganze Horde von bewaffneten Männern wartete hinter dem Tor auf mich.

Ich lief langsam weiter und schaute von der Steinwand neben dem Tor vorsichtig um die Ecke. Nichts und niemand war weit und breit zu sehen.

Mit einem Schwung sprang ich über das Metallgitter und landete unsanft auf dem Boden.

Ich setzte behutsam einen Schritt vor den anderen und drehte mich vorsichtig in alle Richtungen um. Als mir klar wurde, dass hier wohl niemand mehr auf mich wartete, stürmte ich in die erste Tür eines der

Gebäude.

Ich lehnte mich mit meinem Körper an die kalte Steinwand und versuchte langsam zu atmen, um meinen Herzschlag wieder zu verlangsamen.

Dann schaute ich mich um. Auf dem Gelände befanden sich neben mehreren kleineren Gebäuden ein großer Gebäudekomplex, bestehend aus den 3 Hauptgebäuden. Ich befand mich in dem vordersten, kleinsten Haus.

Ich versuchte mich so leise wie möglich durch die riesige Halle zu bewegen.

Doch auch hier war niemand.

Im nächsten Gebäude war wieder niemand zu finden.

Und dann betrat ich vorsichtig das letzte große Gebäude.

Zentral befand sich wieder eine riesige und leere Halle. Überall war Staub auf dem Boden, der in Eimern von den Decken fiel. Außerdem konnte man überall Unkraut und Ranken auf dem Boden und an den Wänden sehen.

Ich versuchte einen klaren Kopf zu behalten.

Als ich in einen Flur hinter der Halle ging, konnte ich Fußspuren auf dem Boden erkennen. Sie waren schwer zu sehen, aber bei genauem Betrachten waren sie mir aufgefallen.

Ich folgte den Fußspuren. Sie sahen relativ neu aus – nicht so als würden sie schon seit längerer Zeit dort abgezeichnet sein.

Als ich dem Ende des Flures immer näherkam, konnte ich Stimmen hören.

Ich wusste nicht, wen ich belauschte, doch es handelte sich um ein Tauschgeschäft. Eine Villa gegen eine Familie.

Es kam mir absurd vor, wie selbstverständlich man hier mit dem Menschenhandel umging. Es war das normalste der Welt eine Familie gegen ein Objekt einzutauschen und das machte mir Angst.

>>Halten Sie sich an die Abmachung!<<

Auf einmal wurde es ganz still. Ich konnte meinen schnellen Herzschlag hören. Hörte, wie mir das Herz aus der Brust sprang. Hörte, wie mir das Blut in den Kopf schoss. Ich spürte das Adrenalin und das Kribbeln in meinen Fingern. Ich spürte, wie mein rechter Zeigefinger zuckte, der immer noch am Abzug des Gewehres lag. Ich schloss die Augen und holte tief Luft.

Ich hörte leise Geräusche aus dem letzten Zimmer links. Langsam lief ich an der linken Wand entlang. Immer wieder drehte ich mich zu allen Seiten um, schaute vorsichtig in die Zimmer links und rechts von mir bevor ich an ihnen vorbeilief.

Alle Zimmer standen leer und waren verstaubt. Selbst beim Vorbeilaufen konnte ich den Staub von den Decken fallen sehen. Die Decke war an einigen Stellen heruntergebrochen und die Tapete an den Wänden hing zu großen Teilen herunter. Überall wo man hinschaute, konnte man Spinnennetze sehen.

Jeder Schritt musste behutsam und gut bedacht gesetzt werden, damit ich ja keine Geräusche von mir gab.

Und dann ein Schuss.

Mein ganzer Körper zuckte zusammen. Meine Hände umklammerten das Gewehr, mit dem ich nun auf das Ende des Flures fokussierte. Meine Augen starrten voller Angst auf die dreckige Wand und ich hatte das Gefühl, dass mein Herz soeben explodiert war.

Ich konnte einen lauten Schrei hören.

>>Nun, wo das geklärt ist...<<

>>Was wollen Sie von uns?!<<

>>Oh nichts. Es geht nicht um Sie. Es geht um das Geld. Ich selber habe Kinder, habe Familie. Wie soll ich mich um sie kümmern, wenn ich nicht das Geld dazu habe? Sie wissen doch, heute dreht sich alles nur um den Reichtum. Man muss reich sein, um in der Welt mitspielen zu können. Ohne mein Vermögen bin ich bedeutungslos, ein niemand. Aber Menschen wie sie helfen mir dabei etwas zu bedeuten - jemand zu sein.<<

Stille. Seine Stimme klang ruhig und sanft und zugleich doch boshaft und arrogant.

>>Sehen Sie - Ich bemitleide Sie, nein wirklich das tue ich.<<

>>Sie lügen!!!<<

Ich hörte, wie jemand geschlagen wurde.

>>Halten Sie den Mund!<<

Stille.

Und dann kam ich wieder zu mir. Was machte ich hier eigentlich? Unnütz stand ich immer noch im Flur herum, war noch nicht einmal an der letzten Tür angekommen.

Ich zwang mich weiterzugehen. Einen Schritt nach

dem anderen. Die Angst in mir stieg. Wie viele waren wohl in dem Raum?

>>Bindet Sie da unten los. Ich will nach Hause – zu meinen Kindern.<<

Dann lachte er über seinen bösartigen Nachschub.

Meine Schritte wurden schneller. Durch das Losbinden war es laut im Raum geworden. Ich konnte hören, wie sich die Familie gegen die Männer wehrte, auch wenn es keinen Sinn hatte.

Nun stand ich direkt am Türrahmen. Ich atmete noch einmal tief ein und dann war es soweit. Ich blickte vorsichtig um die Ecke, sah 5 junge Männer, die einen Mann, eine Frau und einen kleinen Jungen von der Wand losbanden und einen stämmigen, älteren Mann, der die Ringe an seiner Hand richtete. Ich musste nicht lange überlegen, zielte und – drückte ab.

Alles lief in Zeitlupe.

Die Metallkugel schoss aus dem Gewehr, drehte und drehte sich. Niemand konnte so schnell reagieren, der Knall war noch nicht einmal zu hören. Die Kugel drehte sich und landete schließlich im Hinterkopf des großen Mannes, der sofort zu Boden fiel. Die anderen fünf ließen die Familie los und nahmen ihre Waffen zu Hand.

Das Blut des Mannes verteilte sich über den ganzen Boden und nahm die Millimeterdicke Staubschicht in sich auf.

Ich reagierte schnell, zielte und schoss. Und schoss wieder. Und schoss wieder. Einer nach dem anderen fielen sie zu Boden. Ihre Waffen rutschten im Raum herum und das Blut strömte aus ihren aufgeschlagenen

Köpfen.

Die übrigen zwei Männer waren bereits fast an der Tür angelangt, ich hatte nicht genug Zeit zum Zielen.

Ich merkte, wie mich wieder die Lust auf Mord erfasste. Ich wollte töten, wollte das Blut sehen, das über den Boden floss. Ich versuchte mich selbst zu kontrollieren.

Nicht die Fassung verlieren.

Nicht die Fassung verlieren.

Nicht die Fassung verlieren.

Ich konnte nicht wahllos schießen, aus Angst ich würde die Familie treffen.

Also sprintete ich schnell eine Tür weiter, hörte einen lauten Knall und merkte einen plötzlichen Schmerz in meinem linken Oberarm. Doch ich hatte keine Zeit, lehnte mich gegen die Wand, drehte mich vorsichtig zur Tür raus, zielte und schoss.

Einer der beiden Männer fiel zu Boden und krümmte sich. Er war nicht tot, doch sein Blut floss in Strömen aus seinem Unterleib über den gesamten Flur. Er begann bereits verzweifelt nach Luft zu ringen.

Der Andere stand auf einmal direkt vor mir, ich zog ein Messer aus meinem Gürtel, ging zu ihm, packte ihn an der linken Schulter, zog ihn zu mir und stach ihm mehrere Male in den Bauch und schließlich mit voller Kraft in den Brustkorb. Kurz atmete er noch, klammerte sich an mir fest und fiel schließlich zu Boden.

Ich blieb noch kurz hinter der Tür versteckt. Man konnte ja nie wissen, wer als Nächstes um die Ecke kam.

Doch nichts geschah.

Auch nach mehreren Sekunden war immer noch niemand zu hören, also blickte ich vorsichtig in beide Richtungen in den Flur - nichts.

Es kam mir viel zu suspekt vor, dass es nur diese sechs Männer waren. Es war zu einfach gewesen und in mir kam die Angst hoch, dass ich nur in eine Falle gelockt worden war. Doch ich musste diese Angst jetzt überwinden und handeln, bevor es zu spät war.

Ich atmete tief aus.

Ich schlich vorsichtig über den Flur, stieg über den Mann, der jämmerlich am Boden verblutet war. Seine Augen waren weit geöffnet und starrten an die weiße Decke über mir. Sie zeigten Wut, sehr viel Wut, aber auch Trauer. So war das eben mit der Mafia.

Die meisten Mitglieder suchten nur etwas, um ihre Aggressionen ausleben zu können. Wo konnte man es besser tun als in einer Organisation, in der man morden und morden konnte, ohne sich große Sorgen machen zu müssen? Niemand würde sich gegen die Mafia wenden, man musste nur Angst vor den eigenen Komplizen haben. Man musste sich einen Ruf machen und schon war das Leben doch wirklich zu einfach.

Keiner von den Männern, die heute sterben mussten, hätte je gedacht, dass sie eines Tages von einem einzigen Mann ermordet werden würden. Immerhin sollten sechs Männer wohl stärker sein als nur ich.

Mein linker Oberarm holte mich aus meinen Gedanken heraus. Ich schaute auf die Stelle, die schmerzte, und sah, wie mein ganzer Ärmel sich mit

Blut vollgesaugt hatte. Das heute war wirklich eine blutige Angelegenheit – Blut, Blut, Blut. Mein ganzer Kopf war voll mit diesem Wort, mit diesem Anblick, mit Erinnerungen aus vergangenen Jahren.

Ich riss den unteren Teil meines Pullovers ab und umband meinen Oberarm fest damit. Jetzt war keine Zeit für solche kleinen Wehwehchen.

Ich nahm meine Waffe fest in die Hand und schaute vorsichtig am Türrahmen vorbei. Die Mutter umarmte fest ihren Sohn und der Mann stand ängstlich und doch schützend neben ihnen.

Ich nahm die Waffe herunter und betrat den Raum. Drei ängstliche Gesichter blickten mich an, unsicher, ob sie mir danken sollten oder sich Sorgen machen sollten.

>>Henning?<<

Sie nickten.

>>Keine Zeit für Erklärungen. Sie müssen mir vertrauen. Folgen Sie mir, wir müssen hier weg, bevor noch mehr von denen kommen.<<

Ohne zu zögern, traten sie näher, der Sohn nahm fest die Hand seiner Mutter.

Ich drehte mich um, schaute wieder vorsichtig in den Flur und immer noch: Nichts. Nichts und niemand weit und breit. Ich versuchte meine Sorgen aus meinem Kopf zu wischen und die Familie sicher hier raus zu bringen.

Erst als wir alle zusammen in das Auto einstiegen, dass ich von Vincent bekommen hatte, fühlte ich mich wieder sicher und erleichtert. Eine riesige Last fiel von meinen Schultern und ich fuhr auf dem schnellsten Weg zum Krankenhaus.

Noch auf dem Industriegelände hatte ich Vincent einen abgemachten Code zugesendet. Sobald ich am Krankenhaus eintreffen würde, würde das FBI die Familie übernehmen und sie sicher versorgen lassen.

Die Familie war still. Sie saßen einfach nur auf der Hinterbank und fragten mich nicht, wer ich war oder warum ich sie gerettet hatte.

>>Mein Name ist Morel.<<

Sie erschreckten sich, als ich die Stille im Auto durchbrach und schauten mich an.

>>Ich bin Liams Psychologe.<<

Keine Reaktion. Weder fröhlich, noch traurig, noch wütend. Nichts. Der kleine Junge schaute hoch zu seiner Mutter, doch sie sagte nichts. Stattdessen schaute sie jetzt wieder aus dem Fenster nach draußen auf die Felder.

Die Fahrt ging also schweigend weiter.

Ich fing bereits an zu grübeln. Was hatte es mit dieser Reaktion auf sich? Warum freuten sie sich nicht darüber von Liam zu hören? Das alles führte mich wieder zurück zu der Frage: Woher wusste Liam von Russland? Er hatte auf ‚Russland' reagiert, er wusste es. Aber woher? Warum? Wieder begannen meine Gedanken unkontrolliert zu kreisen und zusammenzustoßen.

Doch als ich gerade kurz davor war, endlich aus dem Wald auf die Straße zu fahren, wurde mir der Weg von mehreren Wagen versperrt. Mehrere Männer stiegen aus.

Ich atmete tief aus.

Nicht die Nerven verlieren.

Ich hatte es schon so weit geschafft, jetzt würde ich das hier auch noch schaffen.

Ich starrte dem vordersten, breit gebauten Mann einige Sekunden lang in die Augen, bis ich mich dazu entschied auszusteigen.

Ich lud meine Waffe nach und umklammerte sie fest.

>>Sie bleiben hier.<<

Nicht die Fassung verlieren.

Das alles war zu viel Stress für mich. Zu viele Reize, zu viele Erinnerungen. Es war zu viel Blut, zu viele Leichen. Ich spürte, wie mein Kopf schmerzte und ich begann langsam abzudriften. Ich fühlte mich wie in einer anderen Welt – so als wäre ich gar nicht mehr hier, in diesem Moment.

Ich hatte das Gefühl, als würde jemand anderes meinen Körper und meine Gedanken steuern.

Nicht die Fassung verlieren.

Nicht die Fassung verlieren.

Nicht die Fassung verlieren.

Und diesmal verlor ich sie.

21:36 Uhr – 05.06.

Ich wachte auf.

Wo war ich?

Ich schaute mich vorsichtig um.

Ich befand mich immer noch im Wald. Mein Kopf schmerzte, genauso wie mein Oberarm und auf einmal auch mein rechtes Bein. Ich schaute herunter auf meinen Unterschenkel – eine Schusswunde.

Was war passiert?

Ich riss nochmals ein Stück meines Pullovers ab und wickelte es fest um mein Bein, um die Blutung zu stoppen.

Ich blickte von mir ab und erst diesmal bemerkte ich die vielen leblosen Körper um mich herum.

Wie hatte ich es beim ersten Mal umschauen nicht gesehen?

Ich war verwirrt. Meine Gedanken kreisten und meine Kopfschmerzen wurden immer und immer schlimmer. Ich war erschöpft und müde.

Ich versuchte vorsichtig aufzustehen, auch wenn mein Bein dabei extrem schmerzte. Ich fasste die Waffe, die immer noch in meiner Hand war, fest und versuchte vorsichtig einen Schritt nach dem anderen zu machen.

Überall um mich herum lagen tote Männer. Das Blut war auf dem gesamten Waldboden verteilt. Es war in die Erde versickert, klebte auf den Blättern, auf den Autos, auf der Kleidung der Männer. Ihre Gesichter waren blutüberströmt.

Es war ein einziges Schlachtbild. Ich wollte diese Dinge nicht mehr länger sehen. Das waren genug tote Menschen, genug Blut, genug Gewalt für mich. Ich wollte und konnte das hier nicht mehr.

Hatte ich all diese Menschen getötet? War das Monster wieder zum Vorschein gekommen? Was sollte ich jetzt als Nächstes tun?

So viele Fragen, doch keine Antworten.

Ich war verzweifelt.

Und dann schoss mir die wichtigste Frage von allen in den Kopf: Wo war die Familie?

Ich drehte mich um und sah auf das Auto hinter mir. Vorsichtig ging ich einen Schritt nach dem anderen darauf zu. Ich hatte Hoffnung, dass ihnen nichts passiert war. Wenn das Monster wirklich all diese Menschen getötet hatte, dann hat es die Familie vielleicht verschont. Vielleicht wusste es, welche Mission ich hatte. Ich war ja auch viel weiter vor dem Auto aufgewacht, vielleicht war es nicht einmal in die Nähe des Autos gekommen.

Doch all diese Hoffnung war umsonst gewesen.

Ich musste nicht einmal bis ganz an das Auto herangehen, um zu sehen, wie die tote Mutter den leblosen Körper ihres kleinen Sohnes umklammerte.

Flashbacks.

Vor mir sah ich wieder das Bild von Celeste, die Finn verzweifelt umklammerte und versuchte wieder zu beleben. Ich hörte ihre Schreie, ihr Schluchzen. Ich hörte, wie sie Gott um Hilfe bat. Ich sah all das Blut vor mir. Schon wieder Blut.

Nein! Nein, nicht schon wieder Blut!

‚Bitte mach, dass das alles hier aufhört. Bitte sag mir, dass es nur ein Traum ist', dachte ich zu mir selbst. Doch es war vergebens. Das hier war die Realität und ich konnte nicht aus ihr entfliehen.

Alles war umsonst gewesen.

Ich war hierhergereist, hatte mich mit der Mafia angelegt, hatte Menschen ermordet, nur um jetzt auf die weinende, tote Mutter auf der hinteren Sitzbank zu blicken, die ihren Sohn in den Armen hielt und selbst noch nach dem Tod versuchte seine Augen zuzuhalten.

Und trotzdem konnte ich seine Augen sehen. Ich sah seine Angst. Ich konnte mir nicht vorstellen, wie er sich gefühlt haben musste. Erst wurde er entführt, gegen Villas eingetauscht und letztlich von dem Mann erschossen, der ihn kurz zuvor noch gerettet hatte. So schnell wurden Kindheitsträume zerstört.

Ich wollte nicht mehr an diesen armen, unschuldigen Jungen denken. Doch ich konnte nicht anders.

Ich war verloren.

Was sollte ich jetzt machen?

>>Alles war umsonst.<<

Ich atmete tief auf und wischte mir eine Träne aus dem Gesicht.

Keine Zeit dafür.

Ich musste hier weg, das war alles, was ich wusste.

Also nahm ich die Waffe fest in die Hand und suchte an den leblosen Körper unter mir nach einem Autoschlüssel. Ich nahm den ersten, den ich finden konnte, stieg in das Auto ein und fuhr schnell davon.

Ich wollte vergessen. Ich wollte all das für immer vergessen. Wenn ich es mir recht überlegte, wollte ich auch eigentlich nicht mehr leben. Nie mehr – damit so etwas auch nie mehr passieren konnte.

Doch vorher musste ich noch eine Sache erledigen.

Ich fuhr also zurück ins Hotel, duschte mich, packte all meine Sachen zusammen, nahm ein Taxi und fuhr zum Flughafen. Ich buchte mir ein Ticket für den nächsten Flug nach Hause und setzte mich in den Wartebereich.

Ich hatte eigentlich gar keinen Plan, was genau ich jetzt tun würde. Ich wusste nur, dass ich erst einmal von hier wegmusste.

Und vor allem musste ich schnell auf andere Gedanken kommen. Vor mir sah ich immer noch das ängstliche Gesicht des armen, kleinen Jungen. Ich hatte eine Aufgabe gehabt: Ihn zu beschützen. Und ich hatte versagt.

Schon wieder.

Ich hatte mit meinen Freunden versagt, mit Finn, mit Celeste und jetzt auch noch mit dieser Familie.

Ich war ein Versager.

Ich ließ meinen Kopf in meine Hände fallen und schloss meine Augen.

‚Denk dich einfach weg.‘

Es war mitten in der Nacht, als die kleinen Reifen des Flugzeugs den Boden des Landeplatzes berührten. Menschenmassen strömten in den Gängen und unterhielten sich laut über alle möglichen Themen. Kleine Kinder schrien vor Müdigkeit, Mitarbeiter versuchten aufgebrachte Passagiere zu beruhigen und redeten ihnen zu.

Und mitten drin war ich.

Doch es kam mir nicht so vor, als wäre ich zwischen hunderten von Personen.

Ich fühlte mich betäubt, alleine.

Mein Blick war starr geradeaus gerichtet und meine Ohren waren taub. Ich sah verschwommen durch meine glasigen Augen.

Nichts um mich herum fühlte sich wahr an.

Ich ging auf direktem Weg zum Ausgang und stieg in das erste Taxi ein, das ich sah. Trotz allem, was passiert war, war ich äußerlich ruhiger denn je. Während in mir drin die Gedanken aneinander flogen und mein Kopf zu platzen drohte, war ich nach außen hin die Ruhe in Person.

Ich hätte erwartet, dass ich zittern und blass werden würde, doch nichts geschah. Stattdessen saß ich leise auf der hinteren Sitzbank und hatte die Hände ruhig im Schoß.

‚Vielleicht war es das, was einen Psychopathen ausmachte', dachte ich leise. Vielleicht war das der Grund dafür, dass Liam schwieg. Seine Gedanken waren zu laut, um irgendeine Reaktion nach außen zu zeigen. Er konnte mich nicht hören, nicht sehen, nicht denken. Er *konnte* nicht sprechen.

An der Psychiatrie stieg ich vorsichtig aus dem Taxi aus. Ich hatte dem Fahrer etwas Trinkgeld gegeben und ihm noch eine erfolgreiche Nacht gewünscht.

Eigentlich wusste ich immer noch nicht, was mein Plan war. Ich war einfach in irgendein Taxi eingestiegen und hatte dem Fahrer die Adresse der Klinik gesagt.

Doch was wollte ich hier eigentlich? Herein marschieren und dem ganzen Team erzählen, dass ich soeben *alleine* die Familie vor der *Mafia* gerettet und danach ermordet hatte?

Vielleicht wollte ich einfach irgendwohin – irgendwohin, nur nicht nach Hause. Nicht zu dem falschen Finn und einer armen Mary, der ich jahrelang etwas vorgespielt hatte.

Eigentlich wollte ich nirgendwohin.

Eigentlich wünschte ich mich gerade weg, in eine andere Welt. Es mag verrückt klingen, doch ich wünschte mir, dass ich jetzt friedlich einschlafen und nie wieder aufwachen würde. Aber das würde nicht passieren.

Das alles fühlte sich an wie ein ganz schlimmer Albtraum. Ich konnte und wollte nicht wahrhaben, was eigentlich passiert war.

In mir spielten sich immer und immer wieder dieselben Bilder ab. Die Gesichter der Toten, der ermordeten Familie und des Jungen, der einsam und still in seinem Klinikzimmer saß und immer noch schwieg.

Ich setzte einen Fuß vor den anderen, hatte Probleme gerade zu laufen und nicht jeden Moment die Fassung zu verlieren.

Doch ich kämpfte; kämpfte gegen mich selber. Ich musste diesen Kampf gewinnen. Ich musste für Gerechtigkeit sorgen.

Dabei wusste ich gar nicht mehr, was Gerechtigkeit in diesem Fall bedeutete.

Ich war verloren.

Nein, ich hatte verloren.

All diese Morde und diese Flucht vor mir selber hatten nichts gebracht. Ich hatte verloren, gegen mich selber. Immer und immer wieder, all diese Jahre. Doch ich hatte es nicht gemerkt. Ich war blind. Ich war ein Blinder in einer farbenfrohen, erleuchteten Welt.

Wieder spiegelten sich vor meinem inneren Auge die verstörten Gesichter meiner Frau und meines Sohnes ab. Ich würde alles geben, um sie eines Tages wieder in meinen Armen halten zu können. Und sie würden mir verzeihen. Sie mussten mir verzeihen.

>>Ich tue das alles nur für dich, meine Liebe.<<

Sagte ich und schaute dabei nach oben in den sternenklaren Himmel.

>>Ich werde bald wieder bei euch sein.<<

Ich lächelte.

Immer noch planlos betrat ich den Eingangsbereich.

Ich lief durch die eintönigen, mit Neonröhren erleuchteten Gänge. Ich hatte das erste Mal, seitdem ich in den Flieger gestiegen war, ein klares Ziel vor Augen.

Meine Beine bewegten sich immer schneller, meine

Füße fanden ihren Weg von ganz allein. Ich blendete den Schmerz in meinem Oberarm und meinem Bein aus. Ich ging durch eine Tür nach der anderen, bog links und rechts ab und schließlich war ich an meinem Ziel angekommen.

Frau Maier öffnete mir mit einem großen Lächeln die Tür zur Station und streckte mir die Hand entgegen.

>>Guten Tag Herr Morel. Wie schön Sie wiederzusehen!<<

>>Ja, richtig.<<

Ich lächelte kurz, schaute auf den Boden und wurde wieder ernster.

>>Ich muss sofort zu Liam.<<

Ich schaute sie an.

>>Oh ja. Natürlich.<<

Sie schaute mich besorgt an, doch fragte nicht nach. Sie fragte nicht, wo ich all die Zeit gewesen war, was ich herausgefunden hatte, warum ich sofort mit Liam sprechen musste. Sie fragte nicht, sie brachte mich einfach auf direktem Weg zu Liam.

Ich fühlte mich wohl dabei, dass ich endlich wieder mehr vertraute Gesichter zu sehen bekam. Wächter Nicolai schaute mich mit seinem komplett gefühlslosen Gesichtsausdruck an und öffnete mir die Tür.

Es war soweit.

Ich war wieder an dem Ort, an dem alles begonnen hatte.

Der Ort, an dem ich beschlossen hatte, nach Russland zu reisen und mich mit der Mafia anzulegen. Und ich wusste bereits jetzt, dass sie mir auf den

Fersen waren. Sie würden nicht nachlassen, bis ich für das bezahlt hatte, was ich ihren Leuten angetan hatte.

Doch das war es mir wert. Auch, wenn ich im Endeffekt nichts erreicht hatte, war es mir das wert. Ich hatte aus meinen Fehlern gelernt und neue Erfahrungen gesammelt, und ich hatte nicht anderes als den Tod verdient.

Ich betrat also diesen kleinen, engen Raum, eingefangen in dicken Metallwänden. Ich schaute wieder auf diesen schlanken, scheinbar zierlichen Körper, der auf dem Bett saß.

Sein Kopf war nach vorn gerichtet und obwohl ich seine Augen nicht sehen konnte, da sie von seiner Kapuze verdeckt waren, konnte ich ganz genau sagen, dass diese hellblauen Engelsaugen starr auf diese graue Wand gerichtet waren. Wenn man ihn sich so anschaute, fühlte es sich an, als wäre es unfair, dass er hier war.

Ich meine kein Kind gehörte an solch einen Ort und letztendlich war er noch ein Kind. Niemand, nicht einmal ein Erwachsener, würde hier lange auskommen. Doch das war eben nun Mal die Strafe, die Menschen für ihre Taten bekamen.

Ich musste zugestehen: Nicht immer waren die Menschen selbst daran schuld. Ein Kind, das jahrelang gemobbt wurde, eine schlechte Kindheit hatte und nur Misserfolge im Leben erfahren hatte, war eben eher dafür *bestimmt* eines Tages einen schlimmen Fehler im Leben zu begehen. Ich denke nicht, dass es einen Menschen immer zwangsweise zu einem gefühlskalten Mörder machte, sondern meistens erst recht zu einem

Menschen.

Wenn ich so auf Liam schaute, hatte ich erst das Gefühl, dass er einfach nur ein kleines, dummes Kind, ein Mensch, war. Er hatte einen schlimmen Fehler gemacht – wer weiß wodurch dieser Fehler ausgelöst wurde. Ich wollte ihm eine Chance geben, ihm helfen, die Gerechtigkeit wiederherstellen.

Ich wollte ihn nicht einfach dort alleine im Bett sitzen lassen. Also ging ich zu ihm und setzte mich, wie so oft zuvor, auf den leeren Stuhl an der Wand.

>>Hallo Liam.<<

Sein eisiger Blick ging haarscharf an mir vorbei und durchbohrte die Metallwand.

>>Ich habe deine Familie gefunden.<<

Ja, vielleicht hätte ich auch anders vorgehen können. Vielleicht hätte ich es ihm vorsichtiger sagen können, erst einen Smalltalk über das schöne Wetter in Russland führen können. Vielleicht hätte ich ihm auf eine hinterlistige Art manipulativ dazu bringen können mir die Wahrheit zu erzählen.

Aber das alles wollte ich nicht.

Ich war müde und erschöpft. Ich hatte keine Lust mehr auf irgendwelche Ratespielchen. Der direkte Weg war eben nun der einfachste und wer weiß, vielleicht war es diesmal auch der beste Weg.

>>Lebendig.<<

Und auf einmal traf es mich wie der Blitz. Liams leere Seele starrte direkt in meine. Sein Blick war so kalt und verloren und durchdrang mich bis aufs Kleinste. Ich fühlte mich mindestens genauso kalt und verloren, wie er es wohl war. Ich hatte noch nie so etwas Unangenehmes in meinem ganzen Leben verspürt. Und doch war ich unfassbar glücklich. Ein Zeichen, er lebt. Und er hatte mich verstanden. Ganz eindeutig. Und er war nicht erfreut über meine Neuigkeiten.

>>Ich habe sie befreit.<<

Ich schaute auf meine zusammengefalteten Hände im Schoß und sprach ganz lässig und locker darüber, so als hätte ich es einfach so nebenbei gemacht, während sich in ihm drin alle Gedanken gegenseitig hochschaukelten. Ich konnte in seinem Blick sehen, wie sehr ich ihn provoziert hatte und das gefiel mir.

Ehrlich gesagt hatte ich auch ein wenig Angst, doch was wollte dieser 17-jährige Junge gegen mich machen? Ich entschloss mich dazu, ihn weiterhin anzulügen. Er sollte erst einmal denken, dass seine Familie lebendig war, so konnte ich leichter an die Wahrheit gelangen.

>>Sie sind lebendig, wurden ausreichend medizinisch versorgt und sind jetzt in besten Händen und in absoluter Sicherheit.<<

Ich schaute noch weiter auf meine Hände. Ließ ganz lässig meine Schultern fallen. Obwohl ich ihn nicht ansah, konnte ich den eiskalten Blick auf mir spüren und ich konnte auch spüren, wie er fast drohte zu explodieren, während er nach außen hin immer noch schwieg.

>>Ich weiß, was du gemacht hast.<<

Jetzt starrte ich ihn an. Ich schaute direkt in seine blau glänzenden Augen und sah, wie seine Augenbraue zuckte. Ich glaube, keine Reaktion dieser Welt hätte mehr Wut zum Ausdruck bringen können als Liams aggressives Schweigen in diesem Moment. Sein Kopf explodierte vor Wut und vielleicht auch vor Angst.

>>Ich weiß nur nicht warum du das getan hast.<<

Ich zählte die Sekunden.

1

2

3

4

5

6

Liam starrte mich immer noch weiter wütend an und schwieg. Ich wollte es von ihm hören – die Wahrheit.

7

8

>>Ich würde gerne wissen, warum man seine Familie an die russische Mafia verkauft.<<

9

10

>>Weil ich sie hasse.<<

Obwohl mein Plan aufgegangen war, überraschte es mich trotzdem, dass ich ihn wirklich zum Sprechen gebracht hatte. Seine Stimme klang heiser und ich hatte sein Genuschel kaum verstanden.

>>Weil ich sie so sehr hasse. Vor allen anderen stehen wir wie die perfekte Familie da. Ich bin ein toller Schüler, ein toller Bruder... hab ja so viele Freunde.<<

Sein sarkastischer Unterton gefiel mir.

>>Aber hinter diesem perfekten Vorhang, da... da...<<

Er löste seinen Blick von mir ab und schaute traurig

auf den Boden. Ich konnte sein Gesicht kaum sehen und doch wusste ich, dass sich seine Augen mit Tränen füllten. Er suchte nach den richtigen Worten.

>>Was machen sie mit dir Liam?<<

>>Oh, sie machen nichts. Das ist es ja. Sie lieben sich. Meine Eltern lieben meinen Bruder, meine Schwester. Sie kriegen alles, was sie wollen. Und ich? Nichts. Keine Liebe, keine Aufmerksamkeit. Ich bin immer allein.<<

Es offenbarte sich eine sehr komische Situation für mich.

Ich hatte Mitleid mit Liam. Er hatte nie die Liebe bekommen, die er sich gewünscht hatte und hatte währenddessen zuschauen müssen, wie seine Geschwister über alles geliebt wurden. Sie hatten wahrscheinlich die schöneren Klamotten, die größeren Zimmer, wurden von der Schule abgeholt, anstatt Bus fahren zu müssen.

Und, obwohl ich dieses Mitleid hatte, breitete sich Wut in mir aus.

In so vielen Familien herrschte dieses Ungleichgewicht zwischen der Liebe und Aufmerksamkeit, die die verschiedenen Geschwister bekamen. Aber war das ein Grund seine Familie an die Mafia zu verkaufen?

Meine Aufgabe war es, für Gerechtigkeit zu sorgen und egal wie leid mir Liam tat – diese Gerechtigkeit konnte nicht herrschen, wenn er weiter versteckt hinter diesen 4 Wänden saß.

Er konnte die Strafe für seine Fehler nur dann erhalten, wenn ich der ganzen Welt erzählte, was wirklich passiert war. Ich musste der Welt erzählen, wer Liam Henning wirklich war. Er gehörte hinter Gittern.

Und doch schoss mir wieder einmal der Gedanke durch den Kopf, dass es doch nicht seine Schuld war. Er hatte einen Fehler gemacht, weil er von seinen eigenen Eltern genau *so* erzogen wurde. Sie hatten durch ihr Handeln selbst dafür gesorgt, dass sie eines Tages dieses schlimme Schicksal erfahren mussten.

Und auch, wenn dieser Gedanke der absoluten Menschlichkeit in meinen Gedanken umherwanderte, konnte ich die Wahrheit nicht verschweigen. Welche Strafe Liam letztendlich verdient hatte, würde nicht ich entscheiden, sondern ein Gericht.

Ich schaute Liam noch ein letztes Mal an, sah die Tränen auf seinen Wangen und hörte sein Schluchzen.

Dann stand ich auf und ging.

Für den Moment war es wohl genug Strafe, nicht einmal von mir Aufmerksamkeit und Liebe zu bekommen. Fürs Erste war es genug, dass er alleine zwischen diesem kalten Metall eingeengt war und niemanden hatte, der ihn tröstete.

Also ging ich.

Ich schreckte hoch.

Die Sonne schien direkt in mein Gesicht. Ich schaute mich um und war allein in meinem Zimmer.

Wieder ein schlechter Traum.

Irgendwie war ich wütend auf mich. Warum konnte ich nicht einfach damit abschließen und endlich wieder eine Nacht in Ruhe durchschlafen?

Zwei Tage war es her, dass ich aus Russland zurückgekommen war und endlich wieder Heimatboden betreten hatte.

Doch ich fühlte mich nicht wie zu Hause.

Ich lebte in einem Hotelzimmer. Ich wusste, dass sie mich suchen würden und ich wollte das Risiko nicht eingehen, Finn und Mary in den sicheren Tod zu ziehen. Sie wussten nicht einmal, dass ich bereits aus Russland zurück war. Wir hatten einmal kurz telefoniert und ich hatte beiden gesagt, wie unfassbar doll ich sie liebte.

Nur einen Tag nach dem Gespräch mit Liam, hatte ich die Wahrheit ,verbreitet'. Liam hatte schon wieder seine ersten Gespräche mit Polizisten und dem FBI hinter sich. Es würde wohl nicht lange dauern bis er seine gerechte Strafe erhalten würde. Für die Familie hatte ich mir ein paar schöne Lügen ausgedacht, aber die würde man wohl auch schnell durchschauen können.

Ich hatte alles gesagt, was ich wusste, Adressen und Namen gegeben. Aber nicht, weil ich besonders viel Freude daran hatte bald fest genommen zu werden wegen mehrfachen Mordes, sondern, weil ich selber wusste, dass ich bald sterben würde.

Und, ohne mir selber Panik machen zu wollen, der heutige Tag fühlte sich tatsächlich an wie ein Tag zum Sterben.

Doch trotz dieses Gefühls stand ich auf und machte mich fertig für den Tag. Heute sollte ich persönlich wieder mit Liam sprechen.

Er schwieg nicht mehr, sondern hatte bereits die komplette Wahrheit gebeichtet.

Ich hatte ihn seit unserem Gespräch nicht mehr gesehen und war aufgeregt vor dem heutigen Treffen.

Ich zog mir eine dunkelblaue Jeans an und ein hellblau kariertes Hemd darüber. Ich durchkämmte vorsichtig meine Haare und rasierte meinen 3-Tage-Bart.

Als ich vor dem Spiegel im Hotelzimmer stand und gerade in meine Schuhe schlüpfen wollte, blieb ich einfach kurz dort stehen.

Ich musterte mich von oben bis unten.

Nach alldem, was ich getan hatte, musste ich eigentlich unfassbar stolz auf mich sein.

Doch das war ich nicht.

Sogar nachdem ich mein einziges Ziel der letzten Monate, seitdem ich von dem Fall von Liam Henning gehört hatte, erreicht hatte, war ich unglücklich.

Ich war unzufrieden mit mir selbst.

Als ich in diesen Spiegel sah, sah ich nicht mehr *den* Herr Morel, der soeben einen bekannten Fall gelöst hatte, der selbst die besten Spezialisten der Welt schlaflose Nächte beschafft hatte.

Nein, ich sah nur einen Mann.

Einen Mann, der immer und immer älter wurde, der einen dicken Bauch bekam, der weiße Haare auf dem Kopf hatte, der seine so sehr geliebte Frau und seinen eigenen Sohn ermordet hatte.

Heute sah ich in ein leeres, erschöpftes Gesicht.

Ich fühlte mich nicht bereit Liam Henning gegenüberzutreten. Ich wusste nicht einmal, über was ich mit ihm sprechen sollte. Er hatte doch bereits alles gesagt, dass ich wissen wollte. Er hatte alles gestanden – er hatte gestanden und bereut.

Was wollte ich noch?

Meine Arbeit hier war erledigt.

Und jeder, mit dem ich gesprochen hatte, hatte mir die besten Glückwünsche auf den Weg gegeben und mir gesagt, was für eine gute Arbeit ich doch geleistet hätte.

Aus der ganzen Welt bekam ich E-Mails und Briefe darüber, wie unfassbar erfreut fremde Menschen darüber waren, dass ich diesen Fall gelöst hatte.

Und doch fühlte ich mich nicht gut genug.

Vielleicht, weil ich nicht nur den Fall gelöst hatte, sondern auch mein wahres Ich in Russland wiedergefunden hatte. Vielleicht, weil ich seine gesamte Familie ermordet hatte. Und vielleicht machte mir das alles Angst. Vielleicht hatten mir diese Erinnerungen an vergangene Taten die Augen geöffnet und mir gezeigt, was für ein schlechter Mensch ich in Wirklichkeit war.

Ich war kein Held und Retter.

Ich war ein Mörder.

Und ich wusste, selbst wenn man mich für meine Morde nicht festnehmen würde, selbst wenn die Mafia mir nicht auflauern würde, würde ich mich, als Gefahr für meine Mitmenschen, beseitigen müssen.

Wenn es niemand anderes tat, musste ich es tun.

Ich nahm mir mein Jackett von der Stange und verließ mein Hotelzimmer.

Auch wenn ich nicht wusste, was ich bei Liam tun würde, musste ich dort hin.

Man hatte mir gesagt, ich soll unbedingt nochmal ein Treffen mit ihm vereinbaren. Vielleicht sollte auch nicht ich etwas von ihm wollen, sondern er wollte etwas von mir.

Nur was?

Ich lief den langen Hotelflur entlang Richtung Treppe.

Ich muss gestehen, auch wenn ich mich vielleicht in letzter Zeit als sehr mutiger und starker Mensch beschrieben habe, so habe ich doch Angst vor Fahrstühlen. Das mag vielleicht verrückt klingen, doch es war die Wahrheit.

Das war aber auch nicht schlecht, denn so konnte ich mich stets fit halten.

Ich lief also aus einem der höchsten Stockwerke bis nach ganz unten. Treppen über Treppen.

Mir gefiel das Treppenhaus sehr. Es war dunkelrot an den Wänden angestrichen mit schwarzen Treppenstufen und einem weißen Geländer. Etwas Außergewöhnliches, Einzigartiges und vor allem

Wunderschönes.

Ich hörte Schritte einige Treppen über mir.

Mir war natürlich bewusst, dass ich nicht die einzige Person im Hotel war und eben auch nicht im Treppenhaus. Tatsächlich gab es mehr Menschen, die Angst vor Fahrstühlen hatten, als man vielleicht meinen würde.

Schon nach einigen Treppenstufen merkte ich, wie mein Knie zu schmerzen begann. Wahrscheinlich hatte mir dieses ganze Abenteuer doch mehr zu geschaffen gemacht, als ich angenommen hatte.

Ich war eben doch nicht mehr der Jüngste und das merkte ich auch immer und immer häufiger.

Ich hielt kurz an, stützte mich am Geländer ab und atmete tief durch. Ich sollte wirklich meine Angst vor Fahrstühlen überwinden.

Auf einmal vibrierte mein Handy in meiner Hosentasche.

Ich zog es heraus und schaute auf das Display: Unbekannte Nummer.

Ein wenig skeptisch schaute ich mich im Treppenhaus um. Die Schritte waren nicht mehr zu hören.

Ich nahm den Anruf an und während ich begann wieder weiterzulaufen, legte ich das Handy an mein Ohr.

>>Guten Tag. Herr Morel hier.<<

Stille.

>>Hallo?<<

Stille.

Ich fluchte innerlich über solche dämlichen

Scherzanrufe und wollte gerade wieder auflegen, als ich Geräusche am Ende der Leitung hörte.

>>Hal-<<

>>Morel mein alter Freund.<<

Eine tiefe, männliche Stimme sprach in mein Ohr. Ich stellte mir einen großen, muskulösen Mann vor, der mit einer Zigarre in der Hand in sein Handy sprach.

>>Wer spricht da?<<

>>Oh, es ist nicht wichtig, wer ich bin.<<

>>Okay. Was wollen Sie dann?<<

>>Nun Herr Morel. Sie haben mir etwas genommen, das mir gehört hat. Sagen wir, Sie haben mir mein kleines, neues Spielzeug genommen.<<

Ich blieb stehen.

Hysterisch schaute ich mich wieder um.

Ja, ich hatte es gesagt und ich hatte Recht behalten. Natürlich waren sie hinter mir her, natürlich wollten sie mich tot sehen. Doch jetzt, wo der Moment gekommen war, breitete sich trotzdem Panik in mir aus und mein Herzschlag stieg ins Unermessliche.

Ich fühlte das Kribbeln in meiner Hand und in meinem Kopf. Ich merkte, wie mein Körper schwerer und meine Beine schwächer wurden. Ich merkte das anbahnende Zittern meiner Knie und wie warm mir auf einmal im ganzen Körper wurde.

>>Oh, Sie haben mir noch viel mehr genommen als nur das. Meine Leute. Meine Würde. Meine Macht. Denken Sie, Sie können mir einfach *alles* nehmen und sich dann heimlich für immer aus dem Staub machen?

Ich würde Sie *immer* finden und ich würde Sie *immer* zur Rechenschaft ziehen.<<

Stille.

>>Nun, heute ist ihr Glückstag.<<

Sagte er mit einer freundlichen Stimme und lachte. Und ehe ich irgendetwas sagen oder machen konnte, merkte ich, wie mir der Boden unter den Füßen weggerissen wurde und ich hoch in die Luft geschleudert wurde. Ich hörte nur noch den Knall der Explosion.

Irgendein Tag

Schwarz. Schwarz. Endloses, unaufhörliches Schwarz.

Ich hörte eine Frauenstimme, piepende Geräusche, Rollen auf dem Boden, Schreie.

Ich riss die Augen auf und schreckte nach oben.

Hysterisch schaute ich mich um. Um mich herum überall nur weiß.

4 weiße Wände, die mich einschlossen.

Die Decke über mir: Weiß.

Der Boden unter mir: Weiß.

6 weiße Wände, die mich einschlossen.

Ich versuchte meine Augen vor dem grellen Licht zu schützen, doch konnte mich nicht bewegen. Ich schaute an mir herunter und sah eine Art weißen Kittel um meinen Körper gebunden. Meine Hände waren darin gefesselt.

>>Hallo?!<<

Ich rief ins Nichts. Der Raum war schalldicht, ich hatte das Gefühl, irgendetwas würde auf mich drücken. Ich fühlte mich so klein, eingeengt und allein.

>>Guten Morgen Herr Morel.<<

Die Stimme kam aus einer Anlage, die irgendwo gut versteckt verbaut war. Oke, ich war immer noch ich.

Ich lebte.

>>Wo bin ich? Wer sind Sie?<<

>>Sie haben mehrere Tage geträumt Herr Morel.<<

Die Stimme lachte leise. Verwirrt schaute ich mich um. Gab es hier auch Kameras?

>>Keine Sorge, Sie sind in guten Händen. Sie befinden sich in einer Klinik. Sie leiden schon seit vielen Jahren an Schizophrenie. Das, was sie geträumt haben, war nicht real. Sie sind inzwischen 50 Jahre alt, unverheiratet, kinderlos, leben schon seit 20 Jahren in dieser Anstalt und haben keine lebende Verwandtschaft. Ihr zuständiger Arzt wird sie bald wieder untersuchen. Sie wurden während ihrer Abwesenheit künstlich ernährt, bis sie vor einigen Stunden langsam wieder wach geworden sind.<<

Es klang abgelesen. Es klang, als hätte man mir diesen Vortrag schon hundert Male halten müssen und ich hatte es immer und immer wieder vergessen.

Und doch glaubte ich es nicht. Ich glaube es nicht ein unbedeutendes Leben allein in einer Anstalt verbracht zu haben.

Nein, ich war *der* Herr Morel, der soeben eine Familie aus der Gewalt der *russischen Mafia* befreit (und ermordet) hatte und von der ganzen Welt geliebt wurde.

>>Das ist nicht wahr!<<

>>Es tut mir leid Sie enttäuschen zu müssen Herr Morel.<<

Ich wusste, dass es nicht stimmte. Man hatte mir wahrscheinlich irgendetwas eingeflößt und die Mafia wollte sich einen kleinen Spaß mit mir erlauben, indem sie mich hier einsperrten und wahnsinnig werden ließen. Doch das ließ ich nicht zu.

>>Wie alt bin ich?<<

>>50.<<

>>Das ist nicht wahr!<<

>>Ich habe ihre Geburtsurkunde vor mir liegen Herr Morel. Sie sind 50 Jahre alt.<<

>>Und was sagten Sie, wie lange ich schon hier bin?<<

>>Sie leben schon seit 20 Jahren hier.<<

>>Warum?<<

Ich hörte, wie jemand in Aufzeichnungen herumblätterte.

>>Sie haben ihre Frau und ihren Sohn ermordet.<<

Deshalb also ,unverheiratet und kinderlos'. Sie wussten es. Aber woher wussten sie es? Es war mein größtes Geheimnis und all die Jahre hat es niemand erfahren.

Ich versuchte das kleine Spielchen mitzuspielen.

>>Warum bin ich in diesem Raum?<<

>>Eine ihrer Persönlichkeiten, sie selber nennen es das ,Monster', greift bei Anwesenheit Ärzte und Schwestern an. Wenn sie sich in einer Phase befinden, in der das ,Monster' über längere Zeit aktiviert ist, kommen Sie in diesen Raum – zur Sicherheit des Personals. Manchmal haben sie Phasen, in denen sie mehrere Tage lang schlafen.<<

Mein Kopf begann zu schmerzen.

Das war eindeutig zu viel für mich. Ich war verwirrt.

Was, wenn mich die Mafia hier gefangen hielt? Was, wenn man mir nur einen Streich spielen wollte? Was, wenn das hier nur ein böser Traum war?

Oder war es real? War das hier wirklich mein Leben? Was war denn überhaupt noch real?

Ich ließ mich nach hinten auf das weiße Polster fallen.

>>Wie ist mein ganzer Name?<<

>>Henry Morel.<<

Schwarz.

FSC
www.fsc.org
MIX
Papier | Fördert
gute Waldnutzung
FSC® C083411

Zeitfracht Medien GmbH
Ferdinand-Jühlke-Straße 7
99095 Erfurt, Deutschland
produktsicherheit@kolibri360.de